CAPITAN MARRYAT

EL BUQUE FANTASMA

ME Editores S.L.

TITULO: *EL BUQUE FANTASMA*
AUTOR: *CAPITAN MARRYAT*
DIRECTOR DE COLECCION: *Eduardo Mateos Sanz*
DISEÑO COLECCION: *Juan Manuel Domínguez*
ILUSTRACION PORTADA: *Juan Ramón Alonso*

I.S.B.N.: 84-495-0104-0
DEPOSITO LEGAL: M-24347-1994
IMPRESO EN IBERICA GRAFIC, S. A.

IMPRESO EN ESPAÑA - PRINTED IN SPAIN

Capítulo I

A mediados del siglo XVII, en una casita de agradable aspecto, en la margen derecha del Escalda, casi enfrente de la isla de Walcheren, había dos personas. La casa era pequeña, de dos pisos, y tenía la fachada de color naranja, con un zócalo de azulejos.

Se veía claramente que estaba descuidada, quizá por falta de medios económicos para reponer las injurias del tiempo. Detrás de ella había un pequeño jardín defendido por una cerca de espinos. Un foso lleno de agua, al que atravesaba un puente que daba sobre la puerta, corría por esa parte de la finca.

Había cuatro habitaciones en cada uno de los pisos, abajo la cocina y otro cuarto cerrado, en el que nunca se penetraba. Arriba, los dormitorios.

Las dos personas eran un hombre y una mujer. En el rostro de esta última se veían las huellas de las enfermedades y los disgustos. Representaba unos cuarenta años de edad. Sus vestidos eran los de una viuda. En el momento en que la encontramos estaba sentada en un diván, y su ropa, limpia aunque pobre, estaba descolorida por el uso.

El hombre era joven y hermoso y estaba sentado sobre la mesa de pino. Tendría unos veinte años y facciones bellas y atrevidas, así como un musculoso cuerpo. Sus facciones indicaban un carácter voluntarioso y firme.

—Por Dios, Felipe, no vayas al mar —decía la mujer. —Prométemelo.

—¿Y por qué no he de hacerlo, madre? Si me quedo aquí sólo conseguiré morirme de hambre. No tengo ocupación y en cambio mi tío Van Brennen me ha prometido dejarme embarcar en su buque y pagarme un buen salario. Con lo que gane podré atender a tus necesidades.

—Felipe, me moriré si me dejas. Sólo a tí tengo en el mundo. Hijo mío, ¡te suplico que no me abandones! Y si lo haces, por lo menos que no sea para embarcarte.

Felipe permaneció callado unos instantes.

—¿Lo dices porque mi padre se ahogó en el mar? ¿Es por eso por lo qué no quieres que me embarque?

—No, no es por eso. ¡Oh, Dios mío, ayúdame!

Se postró de rodillas en el suelo y oró durante unos minutos. Luego, un poco más tranquila, se volvió a sentar.

Felipe, que había permanecido silencioso, tornó a tomar la palabra.

—Escúchame, madre. No quieres que me embarque y si no lo hago nos moriremos de hambre. A cual cosa, peor. Voy a hablerte claro, entonces. Esa habitación de ahí enfrente la he visto siempre cerrada y jamás me has dicho el motivo de que esté así. Recuerdo que en cierta ocasión en que no teníamos nada absolutamente que comer, ni esperanzas de que el tío volviera pronto, en uno de tus ataques de enfermedad me dijiste...

—¿Qué dije, Felipe? —preguntó ella temblando.

—Que en esa habitación había dinero suficiente como para satisfacer todas nuestras necesidades, pero enseguida te echaste a llorar diciendo que morirías antes que abrir la puerta. ¿Qué hay en esa habitación? Dímelo o mañana mismo me embarcaré.

Mientras hablaba, la cara de su madre sufrió una transformación. Primero quedó aterrada y muda, luego sus labios se abrieron pero sin que de ellos saliera una sola palabra. Se oprimió el pecho con una mano, como para aplacar un intenso dolor. Luego se desplomó sobre el diván y comenzó a arrojar sangre por la boca.

Felipe la sostuvo y la colocó suavemente en el diván.

—¡Madre, madre! ¿Qué te ocurre?

Pasaron unos instantes sin obtener contestación. Luego, ella, con voz débil, dijo:

—Me muero, hijo mío, me muero.

Felipe, desesperado, salió a la puerta y llamó a algunos vecinos. Acudieron dos o tres y comenzaron a ocuparse de la mujer. Mientras, Felipe corrió en busca de un médico que vivía no lejos de allí. Era un hombre pequeño y avaro llamado Poots, aunque gozaba buena fama como facultativo. Lo encontró en su casa y le pidió que le acompañara inmediatamente.

—No tengo inconveniente en ir, siempre que usted me asegure que me va a pagar.

—Mi tío lo hará tan pronto como regrese.

—¿Su tío? Me debe aún cuatro guilders desde hace mucho tiempo. Además, su buque puede naufragar, y ¿quién me pagaría entonces?

—Vamos, venga, le prometo que cobrará. Y mientras, mi madre puede morirse.

—Ahora recuerdo que me es imposible... tengo que ir a ver al hijo del burgomaestre de Terneuse, que está enfermo.

—¡No me engañará! ¡O viene usted conmigo o lo llevo a la fuerza!

—Le prometo ir dentro de un rato... si me es posible.

—¡Viejo miserable! Vendrá aunque tenga que llevarlo a rastras!

Lo cogió por el cuello y lo obligó a salir a la calle.

—¡Socorro! ¡Me quiere asesinar! —grito Poots.

Felipe advirtió que el rostro del médico se tornaba violáceo y lo soltó.

—Bueno... iré... pero esta noche dormirá usted en la cárcel. Yo no puedo hacer nada por su madre. Nadie podría ya.

—¡Si no viene lo estrangulo! Y si no salva a mi madre, lo haré igualmente. Lo mataré como a un perro rabioso. Le consta que cumplo lo que prometo. Acompañeme y le pagaré la visita aunque tenga que venderlo todo.

Esta afirmación produjo más efecto que las amenazas. Poots sabía que el joven cumpliría su promesa. Cuando llegaron junto al lecho de la viuda, la encontraron en brazos de dos vecinas, que le aplicaban compresas de agua y vinagre. Poots dispuso que la trasladasen al dormitorio superior y le hizo ingerir unas gotas de cierta pócima. Luego salió con Felipe para que éste fuera a buscar unos medicamentos.

—Hágale que lo tome —dijo Poots. —Yo voy a ver al hijo del burgomaestre y luego volveré.

—Si me engaña, le haré tragar sus palabras —advirtió Felipe.

—No, usted ha prometido pagarme y lo creo.

Felipe volvió junto a su madre y le administró el remedio. El flujo de sangre cesó.

—He hecho todo lo posible por su madre —dijo Poots—, pero me atrevo a afirmar que ya no se levantará de la cama. Vivirá quizá dos o tres días más, pero su enfermedad es incurable.

—Lo creo. ¡Sea lo que Dios quiera!

—Y, ¿me pagará usted? —preguntó el médico.

—Sí, lo he prometido.

—¿Quiere usted que vuelva mañana? Ya sabe que cada visita vale un guilder. Yo trabajo para cobrar.

—Venga usted tantas veces como sea necesario —replicó Felipe mirándolo con desprecio.

—Bueno, cuando muera su madre usted podrá vender la casa y lo que hay en ella y tendrá que pagarme. Ah, y si piensa usted alquilar la casa, acuérdese de mí.

—¡Salga, miserable!

Cuando el médico se marchó, volvió junto a su madre. Los vecinos, no pudiendo hacer nada se habían despedido también.

A la una de la madrugada se despertó la viuda.

—¿Cuánto tiempo hace que estás aquí, hijo mío?

—No te preocupes. Lo que has de hacer es curarte y yo me ocuparé de todo.

—Hijo mío, se acerca mi muerte. Sé que eres un buen hijo y que sólo la necesidad te ha hecho desobedecerme. Nunca he querido que te separes de mí y ahora voy a decirte por qué.

—Madre mía...

—El secreto que me abruma es tan fuerte que a veces me parece que me vuelvo loca. Y temo que lo que te diga te nuble la razón también a ti.

—Revélamelo, madre, no temas, porque soy fuerte.

La viuda reflexionó durante unos instantes. Las lágrimas corrían por sus mejillas.

—Voy a hablarte de tu padre. Todo el mundo cree que murió ahogado.

—¿No fue así, acaso?

—No.

—Pero, ¿murió?

—Tampoco —y tapó el rostro con las manos.

—Pero, entonces, ¿dónde está mi padre? —preguntó Felipe asombrado.

—Cumpliendo un castigo impuesto por Dios.

—Madre, dígame el secreto. Me parece que su cabeza no razona bien.

—Sí, hijo, sí razona. Escuchame. Tu padre tenía un carácter muy semejante al tuyo. Había nacido en Amsterdam, pero se marchó de allí porque era católico y en esa ciudad todos son herejes. Hace unos diez y siete años que se embarcó rumbo a la india con su navío el **Amsterdammer**. Era el tercer viaje que hacía a Oriente, y debería ser el último, porque con la venta de su cargamento podría retirarse rico. Yo le amaba mucho porque era bueno conmigo y también me amaba. Hacía ya seis meses que había partido y aún necesitaba esperarle un año entero.

"Una noche te dejé en la cuna y me dirigí a esa habitación que desde entonces permanece cerrada. Era media noche y llovía. Yo tenía en ese momento tristes presentimientos. Una ráfaga de viento abrió de pronto las ventanas, se apagó la luz y me quedé en la más completa obscuridad. Llena de terror, grité. Iba a cerrar las ventanas cuando de pronto ví ante mí a tu propio padre.

—¡Santo Dios! —dijo Felipe.

—El estaba a mi lado y pese a la obscuridad distinguía perfectamente sus facciones. El miedo me impulsaba a huir, pero el amor que le profesaba me contenía.

"Tan pronto como tu padre entró, se cerraron las ventanas y volvió la luz. Perdí el conocimiento y cuando lo recobré, estaba sentada en un sofá y una mano fría estrechaba la mía. Tenía delante a mi esposo y le estreché entre mis brazos. Sus vestidos estaban empapados y helados. No me devolvió las caricias.

—"Dispongo de poco tiempo —me dijo.

—"No te irás —le dije. —Si tu barco se ha perdido, tú te has salvado y eso es lo que importa.

—"He perdido mi buque y yo también estoy perdido. No estoy muerto y sin embargo tampoco estoy vivo. Me veo obligado a permanecer entre los hombres y los espíritus. Atiende a mis palabras.

"Durante varias semanas intenté abrirme paso entre las tempestades del Cabo de las Tormentas, y lancé juramentos horribles al no poder doblar el Cabo. No conseguía que mi barco adelantase siquiera un palmo. Enfurecido, blasfemé, y seguí intentando doblar el Cabo. La tripulación me rogaba que regresase a Table Bay, pero en lugar de acceder, cometí un asesinato, aunque sin intención. El piloto, insubordinándose, ordenó a los marineros que me ataran, pero yo le dí un fuerte golpe y cayó al agua. Yo continué jurando como un condenado, y diciendo que doblaría el Cabo a pesar del cielo y del infierno, aunque tuviera que esperar hasta el día del juicio. Dios oyó mi juramento, formulado entre truenos y relámpagos. las velas volaron hechas girones, y en el centro de una nube ví escritas estas palabras: "Hasta el día del Juicio". No me queda más que una esperanza, y por eso se me ha permitido que venga a verte, Catalina. Toma esta carta, léela y ve si puedes prestarme alguna ayuda. Adiós, esposa mía, hasta la eternidad".

"La estancia quedó de nuevo a obscuras y tu padre desapareció. Luego las ventanas se cerraron de nuevo. Estaba sola.

—¡Madre! —gritó Felipe, viéndole llevarse las manos a la cabeza.

La enferma se incorporó y volvió a caer hacia atrás. Le bastó tocarla para comprender que la señora Vanderdecken había pasado a mejor vida.

Felipe quedó consternado, pensando en las últimas palabras de su pobre madre.

"Sólo resta una esperanza" Su padre había dejado una carta. ¿Estaría quizá en el mismo sitio? Resolvió entrar en la habitación fatal, para saberlo. Pero, ¿dónde estaba la llave? Sus ojos tropezarón con un secreter. Registró los cajones sin encontrar lo que buscaba. Quitó los cajones y levantó el mueble, agitándolo en el aire. Ponto oyó un ruido que le indicó que la llave debía estar allí oculta, pero en vano buscó el secreto.

Por último y cuando ya comenzaba a brillar la aurora, forzó la parte posterior del mueble. Tan obsesionado estaba que no oyó el ruido de pasos que se acercaban. Volvió la cabeza y vio al párroco Leysen que le miraba con reprobación.

—¿No temes turbar el reposo de tu madre antes de que muera? —preguntó.

—No, padre, ya que ha fallecido ya. Y no creáis que estoy saqueando la casa en busca de dinero, sino que busco una llave.

—¿Cómo no me llamaste? Tu madre habrá muerto entonces sin los auxilios de la religión.

—Falleció hace dos horas y repentinamente.

El sacerdote fue hasta el lecho y oró durante unos minutos. Luego volvió hacia Felipe.

—¿Qué llave es esa? —preguntó.

—La de una habitación cerrada que tiene un misterio, padre.

—Algo he oído acerca de ese misterio. Pero ni siquiera en secreto de confesión me dijo tu madre de qué se trataba. ¿Es que acaso te lo ha dicho a tí?

—Sí, padre Leysen. Pero por desgracia no puedo repetirlo.

—Siendo así, no insisto. Enviaré a algunos vecinos a velar el cadáver de tu pobre madre.

Y se retiró, tras pedirle a Felipe que no siguiera buscando cosas mientras el cuerpo de su madre estuviera frío en la habitación de al lado.

Felipe decidió acostarse unos instantes. Llegaron unos vecinos. Con ellos llegó también Poots, que aunque informado del fallecimiento, pensó hacer otra visita y ver si podía ganar otro guilder. Despertó a Felipe, desconsideradamente.

—Veo que todo ha terminado —le dijo. —Me debe otro guilder. Las visitas y las medicinas suman tres y medio.

—¡Se los pagaré!

—Me consta, sí, pero como para pagarme tendrá usted que vender la casa y no se encuentra facilmente comprador, ¿por qué no me da ese medallón de su madre?

Se trataba de la reliquia sobre la que su madre había hecho el tremendo juramento. No la habría vendido ni dado por nada.

—Salga de esta casa ahora mismo —le dijo rechinando los dientes. —¡Ya le pagaré!

—Pues entonces lo retendré en mi poder hasta que me pague usted su deuda. Cuando haga ésta efectiva, se la devolveré.

Felipe le agarró por el cuello y lo echó de la habitación. El doctor se marchó corriendo al ver la cara del joven.

Esta conversación hizo pensar a Felipe en la alhaja. Corrió al cuarto donde estaba el cuerpo de su madre y comprobó que el medallón había desaparecido.

—¡Me la han robado! —dijo. —Los vecinos son incapaces de semejante villanía, así que ha debido ser ese cerdo de Poots. ¡Se la haré devolver aunque se la haya tragado y tenga que arrancarle los miembros uno a uno.

Se precipitó escaleras abajo salió de la casa y echó a correr hacia la del doctor Poots. Los vecinos, al verle pasar de aquella manera creyeron que había perdido el juicio y movían la cabeza lastimeramente.

El médico sólo había recorrido la mitad del camino, porque se había torcido un tobillo. Temeroso de lo que pudiera ocurrirle si su robo era descubierto, volvía la cabeza hacia atrás, de vez en cuando.

Su terror al ver a Felipe que corría tras de él no es para descrito. Penso devolver la alhaja, pero temoroso de lo que pudiera hacerle Felipe, prefirió seguir corriendo, hasta llegar a su casa y encerrarse en ella. Allí estaría a salvo.

Pronto Felipe estuvo cerca de él. Ya se oían sus pasos. El aterrado doctor tropezó y cayó, y eso le salvó porque Felipe a su vez tropezó con él, dio un salto en el aire y cayó a su vez. Esto permitió al pequeño doctor llegar hasta su casa y encerrarse en ella.

Estaba la casa del médico completamente aislada. Las ventanas del piso bajo tenían fuertes rejas de hierro y las del principal estaban a tal altura que nadie podría llegar hasta ellas.

Poots no permitía a nadie jamás entrar en su cas. Vivía solo y nadie lo veía como no fuera al borde del lecho del dolor y de la muerte. Se ignoraba todo acerca de éla; si tenía familia o no, etc. Los que iban a buscarle eran recibidos por él mismo.

La puerta de la casa era sólida y nada fácil de forzar. Felipe reflexionó algunos instantes y su ira se fue aplacando. Por último decidió tratar de recuperar la joya sin recurrir a la violencia.

—¡Sé que está usted ahí! Devuelvame lo que me ha robado y no le haré daño alguno. De lo contrario, tendrá que atenerse a las consecuencias.

El medico, creyéndose ya seguro, no respondió. Estaba seguro de poder quedarse ahora con una alhaja que sabía valía muchísimo más de tres guilders.

Felipe, al ver la inutilidad de hablar, recurrió a otro procedimiento. Cerca de la puerta había un montón de heno seco y otro de leña. Llevó algunas brazadas de heno junto a la puerta y colocó al lado grandes cantidades de leña. Sacó yesca y pedernal y le prendió fuego a todo.

Momentos después comenzaba a arder la puerta.

—Y ahora, ladrón de muertos, me vengaré de ti. Si te quedas dentro morirás achicharrado y si sales caerás en mis manos. ¿Me has oído?

Una ventana se abrió en el piso superior. Creyendo que se trataba de Poots que quería parlamentar, levantó la mirada.

No era el médico, sino una de las muchachas más hermosas y encantadora que había visto en su vida.

Llevaba el negro cabello peinado en dos trenzas con una raya en medio. Los ojos eran enormes y obscuros, los labios sonrosados y la nariz recta y delicadamente formada.

—¿Qué se propone usted? ¿Qué daño le hemos hecho para que quiera sacrificarnos a los que vivimos en esta casa?

Felipe la contempló embelesado dutante algunos segundos, sin poder articular palabra. Pero al instante, comprendiendo el peligro que corría la joven, con un palo grueso comenzó a apartar los leños ardientes de la puerta, la cual aún no había sufrido mucho daño debido a estar construída con tablones de roble. Mientras hacía esto, la joven lo contemplaba en silencio.

—Ya no corre usted peligro —le dijo Felipe. —Bien sabe Dios que no quería que le ocurriera nada a usted, sino que sólo deseaba vengarme de Mynheer Poots.

—¿Y qué motivos le ha dado para que quiera usted vengarse de él, caballero?

—Ha despojado a mi madre, que acababa de morir, de una joya, una reliquia, que para mí tiene mucho valor.

—¡Qué ha despojado a un cadáver? ¡Eso no es posible!

—Es cierto, señorita. En cuanto a la reliquia, me es imprescindible el recuperarla. Depende mucho de ello.

—Espere un poco, caballero.

La joven desapareció y volvió al cabo de poco tiempo.

—Aquí tiene usted su reliquia, caballero. Siento mucho que mi padre haya cometido una acción tan villana. Tómela —y la dejó caer junto a Felipe.

—¿Su padre? ¿Cómo puede ser ese hombre su padre? —preguntó el joven olvidándose hasta de recoger la reliquia.

Ella se retiraba de la ventana sin decir nada, pero Felipe insistió:

—Espere un poco. Le pido que perdone mi acción precipitada al querer prender fuego a la casa, porque si hubiera sabido que estaba usted en ella jamás hubiera intentado hacer una cosa semejante. Pero todavía no ha desaparecido el peligro. Hay algunos tablones ardiendo aún. Es preciso que abra usted la puerta. No tema por su padre, ya que por el simple hecho de serlo no le tocaré ni un pelo de la cabeza, aunque bien sabe Dios que motivos tengo para ello.

—¡No te fíes hija! —dijo desde dentro la voz del doctor Poots.

—Me inspira confianza —respondió la joven, — así que abra usted la puerta, padre y le dejaremos que apague el fuego.

Y dirigiendose a Felipe:

—Mi padre abrirá la puerta, caballero, y espero que cumpla usted su promesa.

Las temblorosas manos de Mynheer Poots abrieron la puerta y el cobarde médico volvió a subir las escaleras rápidamente. Lo que había asegurado Felipe era cierto. Fueron necesarios muchos cubos de agua para dominar el incendio. Pero mientras estuvo ocupado en esta tarea no vio ni al padre ni a la hija.

Concluído el trabajo, cerró la puerta y miró a la ventana. La hermosa joven se asomó a ella.

—Le quedo muy agradecida —le dijo.

—Dígale a su padre que le perdono y que no tardaré en venir para cancelar la deuda que tengo con él.

Cerróse la ventana y Felipe, aún impresionado por la belleza de la joven, regreso a su casa pensativo y preocupado.

Capítulo II

Al llegar a su casa subió las escaleras y se arrojó sobre la cama, sin poder olvidar a la hermosa joven de la que hasta entonces ni noticia había tenido. Pero poco a poco, el recuerdo de su madre muerta y el de la misteriosa habitación fueron borrando el recuerdo de la encantadora chiquilla, que seguramente no tendría más de diez y ocho años.

El entierro estaba dispuesto para la mañana siguiente, y Felipe decidió no abrir el cuarto antes de que hubiera tenido lugar el doloroso acontecimiento. Con esta resolución se quedó dormido hasta que el cura le despertó para acompañar al entierro. Una hora después todo había terminado y Felipe regresó a su casa.

Subió a la estancia en que hasta hacia poco entuvo el cadáver y sintióse algo más consolado. Se apoderó del secreter y comenzó a moverlo. Rompió la parte posterior y descubrió por fín el cajón secreto en cuyo interior encontró lo que buscaba: Una gran llave cubierta enteramente por una capa de herrumbre. Debajo de la llave había una carta. La letra era de su madre y estaba redactada en los siguientes términos:

"Hace dos noches ocurrió un horrible suceso del que aún me acuerdo con espanto y que me indujo a cerrar la puerta de la sala baja. Si durante mi vida no he referido a nadie lo sucedido, sepa el que leyere estas palabras que la llave que hay con esta carta es la del aposento de referencia. Cuando por última vez salí de él, subí al piso principal y pase toda la noche junto a mi hijo pequeño. La sala está ahora cerrada y ni sufrimientos ni privaciones me obligarán a abrirla, a pesar de que en el armario de hierro que está en esa habitación hay el dinero suficiente como para satisfacer todas mis necesidades. Ese dinero lo dejo para mi hijo. Las llaves del armario están sobre mi canastillo de labor, que dejé allí cuando condené la puerta.

"También hay sobre la mesa una carta lacrada. Que nadie la abra: Solamente Felipe y en el caso de que haya recibido la confesión de mis labios. Después que el párroco la queme, porque está maldita. Si mi hijo quiere leerla, que medite mucho antes de romper el sobre, porquea una vez que lo haya hecho, ya no tendrá más remedio quie seguir adelante".

—Pues precisamente lo que deseo es averiguarlo todo —se dijo Felipe. —No reflexionaré.

Besó la firma y bajó al piso inferior. Era mediodía y el sol brillaba esplendoroso. Metió la llave en el ojo de la cerradura y cuando empujó la puerta su corazón latía violentamente. Quedó unos instantes en el umbral, como si temiera profanar el retiro de un espíritu.

Desde el lugar en que estaba distinguió algunos objetos vagamente. Después cogió una vela y miró. Todo estaba tranquilo. La hoja de la puerta ocultaba la mesa sobre la cual debería estar la carta.

—Es preciso que lo haga —dijo.

Fue a la ventana y la abrió, y cosa extraña, la brillante luz del día casi le impresionó más que la obscuridad.

Medía la estancia unos doce o catorce pies cuadrados y tenía una sola ventana. Frente a la puerta había una chimenea a cada uno de cuyos lados había un gran aparador. El suelo estaba relativamente limpio, aunque había telarañas por todas las paredes.

En dos jaulas había los esqueletos de dos canarios. Felipe estuvo mirando todo como si temiera retrasar el momento de dedicarse a lo más importante. En una pared había espadas, arcos y otras armas, trofeos sin duda de la vida del capitán Vanderdecken. Luego miró al sofá donde estuvo sentada su madre la noche en que se le apareció el espíritu de su marido. La cesta de costura estaba en la mesa, junto con las llaves. Pero lo extraño es que no encontró carta alguna. Levantó el costurero, lo movió y el resultado fue el mismo: nulo.

—Sin duda habrá sido un extravío de la mente de mi pobre madre —se dijo. —Quizá se quedó dormida y tomó por realidad lo que no era sino una ensoñación. Pobre madre, cuánto has debido sufrir y quizá por nada.

Luego fue hacia el armario, donde según su madre había dinero bastante para su subvenir a sus necesidades. En efecto, había allí una suma considerable, que según sus primeros cálculos no podía bajar de diez mil guilders, metidos todos ellos en amarillentos sacos.

—Pobre madre —siguió meditando, lleno de dolor. —Bastó un simple sueño para hundirte a tí y a mí en la más profunda de las miserias, siendo poseedora de una verdadera riqueza.

Tomo uno de los talegos y sacó algunas monedas para sus gastos más inmediatos. Cada vez estaba más convencido de que todo había sido un sueño de su madre, pero de tal forma que ella lo había tomado por la realidad. Se sentó en el sofá, y comenzó a pensar en lo que haría con el dinero, que en sus ensueños se unía casi siempre la imagen de la bella hijo del doctor Poots. Sus manos tocaron un trozo de muselina que debío dejar allí su madre y extrañado, notó algo más duro bajo la tela.

Allí estaba la carta fatal de Wilhelm Vanderdecken. Todos sus castillos en el aire se vinieron abajo. En cuanto pudo tenerse sobre sus piernas, salió de la estancia, cerrando tras de sí, con la carta en la mano. No quería leer el documento en aquella habitación.

Salió a la calle y durante mucho tiempo vagó sin rumbo fijo, con la carta apretada entre sus manos. El sello de la misma era negro. No encontraba momento propicio para leerla o mejor dicho, retrasaba el momento de hacerlo. El sol estaba ya a punto de desaparecer en el horizonte cuando por último

decidió que no podía postergar más el instante de enterarse de su contenido.

En un bosquete, medio escondido a la vista de los posibles curiosos se decidió.

—Esta es tu voluntad y éste es mi destino —se dijo, pensando en el modo tan extraordinario en que aquella carta había llegado a las manos de su madre.

Rompió el sello, que llevaba las iniciales de su padre y leyó el contenido. Decía así:

"A Catalina".

"Dios ha permitido a uno de esos espíritus compasivos que constantemente impetran el perdón para los pecados de los hombres que me revele cual es el medio de que se conmute mi sentencia. Si consigo recibir en la cubierta de mi propio barco la misma reliquia sobre la que hice el fatal juramento, besarla humildemente y llorar arrepentido, entonces el Todopoderoso me permitirá descansar en paz.

"Ignoro de qué modo podrá esto llevarse a cabo, ni quién será el osado que acometa empresa tan temeraria. Nosotros tenemos un hijo, pero creo que es mejor que jamás conozca la suerte de su desgraciado padre.

"Adios, y ruega por mí. W. Vanderdecken".

—¡Conque por desgracia es cierto! —dijo Felipe. —Mi padre se encuentra cumpliendo su condena. En la carta habla de mí, y mi deber por tanto es cumplir su deseo.

Cayó de rodillas y pensó de nuevo leer las líneas, pero éstas habían desaparecido. Sus dedos sólo apretaban el aire. La carta ya no existía.

—Luego yo soy el encargado de hacerlas cumplir —se dijo amargamente—. Pues bien, lo cumpliré. Oyeme si es que puedes hacerlo, padre querido: por esta sagrada reliquia juro obtener tu perdón o sucumbir en la empresa. Todos los días de mi vida, si es necesario, los ocuparé en cumplir la promesa que ahora mismo te hago. Pongo al cielo por testigo de ello.

Besó el símbolo. El sol se ocultó y la noche cayó sobre él. El joven permanecía aún prosternado y orando, cuando de pronto atrajeron su atención las voces de varios hombres que debían estar ocultos en el mismo bosquecillo. No hizo mucho caso hasta que de pronto llegaron a él los nombres, varias repetidos, de Mynheer Poots. Prestó mayor atención y se dio cuenta de que se trataba de desertores que proyectaban asaltar esa misma noche la casa del médico, que según los cálculos de los conspiradores, debía ser muy rico.

—Sólo vive con él su hija —decía uno de ellos.

—A mí esa me interesa más que el dinero — respondía otro riendo groseramente.

—Bueno, ¿y cuanto darías por la jovencita? Yo te vendo mi parte de ella por quinientos guilders, Baetans.

—De acuerdo. Los daré, siempre que la parte que me toque sea inferior a esa suma.

—Negocio arreglado.

—Perfectamente. Yo amaba a esa joven, pero el padre se negó a dármela por esposa, a pesar de que yo era oficial. Ahora me la tendrá que ceder gratis y encima pagará por ella a vosotros con el resto de su dinero.

—Muy bien. Tened las armas cargadas y cebadas. Una de mis balas será para la cabeza de ese viejo avaro.

Felipe no necesitó oir más. Deslizose entre los árboles sin hacer ruido y salió a la alameda. Olvidando la misteriosa carta desaparecida y el juramento hecho a su padre, echó a correr en dirección a la casa del médico.

Como de costumbre, esta estaba silenciosa. Llamó varias veces pero no le respondieron. Sin duda el médico había ido a visitar a algún enfermo, por lo que la muchacha estaría sola.

—¡Señorita! —grito. —¡Soy Felipe Vanderdecken, y acabo de oir casualmente la conversación de cuatro criminales que pretenden asesinar y robar a su padre! Antes de una hora estarán aquí. Juro a usted por la reliquia que me devolvió que es cierto cuanto digo.

Y visto que nadie le respondía, añadió:

—Abra la ventana y míreme. Le añado que su honra esta también comprometido ya que uno de ellos la desea a usted, pues se trata de un antiguo pretendiente al que su padre rechazó. El abrir la ventana no supone ningún peligro para usted.

Se abrió la ventana y Felipe pudo ver en la obscuridad la sombra de la hija de Poots.

—¿Qué es lo que me está usted diciendo?

Felipe se lo refirió detalladamente.

—No olvide lo que le digo: ha sido usted vendida a uno de esos canallas, que he entendido se llama Baetans. Permítame que entre para defenderla de esos criminales.

—¿Ha dicho usted Baetans? Recuerdo ese nombre, pero no sé qué hacer. Mi padre no está, y ¿cómo puedo abrir la casa a un extraño no estando él aquí? Aunque eso sí, usted me inspira confianza. No le supongo capaz de urdir un cuento así para sorprenderme.

—Jamás lo haría. Permítame que entre para defenderla.

—Pero, ¿qué haría usted contra varios?

—Si tiene usted armas en casa, la defenderé contra quien sea. Tengo valor suficiente para hacerlo.

—Se lo agradezco, pero no me atrevo a abrirle la puerta.

—En ese caso no me moveré de esta puerta y si vienen, como no tengo armas, me matarán y luego harán lo mismo con su padre, y con usted algo peor. Me dejaré matar para demostrarle que no miento.

—¡Dios mío, no puedo permitirlo! Júreme por lo más sagrado que no me engaña.

—Lo juro por usted misma, que es lo más sagrado para mí —repuso él impulsivamente.

Se cerró la ventana y dos minutos después se abrió la puerta, apareciendo en ella la joven. Llevaba una luz en una mano y una pistola semiescondida en la otra.

—Señorita —dijo Felipe, —si tiene usted la más mínima duda sobre mi honradez y lo que le dije, puede cerrar de nuevo la puerta, pero antes de que pase una hora estarán aquí los criminales.

La joven era muy bella, y tenía un cuerpo de formas perfectas. Llevaba el pelo peinado en dos gruesas tenzas, como la vez en que Felipe la conociera. Miraba de hito en hito a Felipe, como si pretendiera adivinar sus pensamientos, pero la sinceridad de éste era tan evidente, que se tranquilizó.

—Entre —dijo. —Verdaderamente creo que puedo confiar en usted.

Felipe entró y cerró la puerta.

—No podemos perder tiempo. Dígame, ¿cómo se llama usted?

—Amina —respondió ella retrocediendo unos pasos.

—Gracias por la confianza que demuestra usted en mí. ¿Tiene usted armas y municiones?

—Tengo ambas cosas. Pero me gustaría que mi padre estuviera aquí.

—Yo también, y ojalá que llegue antes que los criminales. Si llega cuando ellos estén ya aquí, lo matarán. Uno de los bandidos dijo que deseaba asesinarlo.

—Venga usted conmigo —respondió Amina. Y lo guió hasta una sala del piso alto, indudablemente el despacho del médico, ya que estaba lleno de estantes con botellas de drogas. Un arcón contenía dos carabinas y tres pistolas.

—Todas están cargadas.

Felipe examinó las armas y los cebos. Luego cogió la pistola que había llevado la joven y miró la cazoleta. También estaba cebada.

—Ahora me voy a colocar en la ventana en la que estaba usted, pero la habitación debe quedar a obscuras. Permanecerá usted aquí y se encerrará con llave si así lo requiere su seguridad.

—No soy una cobarde. Yo cargaré las armas, cosa que sé hacer perfectamente.

—Pero podrían herirla.

—Ciertamente, pero no permaneceré ociosa viendo como combate usted.

—Está bien, pero no se exponga. Llevemos las armas a la otra habitación, desde la que se ve la puerta.

Así lo hicieron. Felipe abrió la ventana y vio que la luna comenzaba a mostrarse en el horizonte. Esperó unos instantes hasta que oyó unos ligeros ruidos abajo. En la obscuridad distinguió las figuras de los cuatro bandidos que habían llegado a la puerta. Retirose de la ventana y fue a la otra habitación, donde estaba Amina ocupada en preparar municiones.

—Amina, ya están ahí, y estudian la manera de atacarnos mejor. Ahora verá usted como yo no la engañaba.

La joven se asomó a la ventana y luego se volvió a Felipe. Le apoyó la mano en el brazo.

—Perdóneme usted que haya dudado, pero debe comprender mi situación.

Los ladrones, viendo que la puerta era muy sólida y resistiría sus intentos, habían ideado una estratagema. Dieron varios aldabonazos, y en vista de que nadie les respondía, aplicaron un fusil a la cerradura y dispararon, consiguiendo hacerla saltar, pero las barras de hierro que la sujetaban por dentro se mantuvieron firmes.

Felipe apunto a la cabeza de uno de los bandidos y disparó. La cabeza del hombre voló, destrozada. Los restantes se alejaron un instante, pero enseguida volvieron disparando contra la ventana. Vanderdecken sintió que lo arrastraban hacia dentro para apartarlo de la línea de fuego. Amina le había seguido sin que él lo advirtiera.

—¡No se exponga usted, por Dios! Probablemente esos desalmados estarán acechando por si vuelve usted a asomarse a la ventana, Felipe. Tome la otra carabina y baje al vestibulo. Si la cerradura ha saltado, ellos podrán meter la mano y quitar las barras.

—Tiene usted razón —respondió él.

—Pero no dispare más que una vez. Si cae otro les será imposible a los dos que queden el atacar la ventana y la puerta al mismo tiempo. Baje y entretanto yo cargaré la carabina que usted ha descargado.

Felipe descendió las escaleras en silencio. En efecto, uno de los asaltantes había introducido el brazo por el huco de la cerradura y tiraba de la barra superior. Vanderdecken se disponía a hacer fuego cuando oyó varias detonaciones en el exterior.

"Amina está disparando", pensó. Y él mismo disparó contra el sobaco del que intentaba entrar y subió las escaleras a saltos. Encontró a Amina corgando las armas tranquilamente.

—No me he asomado, sino que he sacado una camisa, y ellos han descargado sus armas sobre ella.

—Bajo de nuevo a la puerta —respondió Felipe admirado por el valor y el ingenio de la joven. Pero al llegar a la puerta escuchó la voz del doctor Poots. Amina, que también lo había oído, bajó, con una pistola en cada mano.

—No tema —dijo Felipe. —Sólo quedan dos y salvaré a su padre.

Abrió la puerta y lanzóse fuera. Encontró a Poots en el suelo y rodeado de dos bandidos, uno de los cuales levantaba ya el cuchillo para matarle. Felipe disparó sobre él, matándolo y luego se trabó en lucha con el que quedaba, lucha con la que acabó Amina acercándose al criminal y disparándole a bocajarro.

Felipe corrió hacia el médico, lo levantó en sus brazos y lo metió dentro de la casa. El doctor estaba aún aterrado.

—¡Mi hija, mi hija! ¿Dónde está?

—Aquí, padre, sana y salva.

—¿Y mi dinero?

—Nadie lo ha tocado, padre.

—Quiero verlo con mis propios ojos.

—Ahí lo tienes y todo gracias a la bravura y generosidad de este joven.

—Ah. ¿Felipe? Por cierto que aún me debe tres guilders y medio. ¿Y dices que te ha salvado y también a mi dinero?

—Sí, arriesgando su vida en ello.

—Entonces le perdono la deuda.

Felipe lo dejó con su hija y salió para ver cómo estaban los asaltantes. Dos estaban muertos y uno de los otros expiraba. El último se desangraba. Felipe le hizo a este último algunas preguntas, sin recibir respuesta. Les quitó las armas y volvió a entrar en la casa.

—Gracias, Felipe —dijo el médico. —Ha salvado usted a mi hija y mi dinero, que es muy poco, por cierto.

—Yo también tengo mucho que agradecerle —respondió Amina mirando fijamente al joven.

—No necesito que usted me perdone la deuda, porque soy rico —respondió Felipe al médico—. Tengo millares de guilders.

—Ah, entonces sí debe pagarme. Pero, ¿de dónde ha sacado usted el dinero?

—Eso es cuenta mía. Y ahora ya pueden acostarse tranquilos. Yo velaré por ustedes si me dejan una luz. Buenas noches Amina.

—Buenas noches, Felipe —respondió ella dulcemente.

—Miles de guilders... —susurraba el avaro, —mirando a Felipe. —Miles de guilders...

Cuando se fueron al piso de arriba, Felipe se sentó en el vestíbulo. Necesitaba pensar en su futuro, preñado de horribles peligros, ya que no podía, ahora que el peligro había pasado, dejar de pensar en el compromiso que había adquirido.

—Es mi deber —se repetía una y otra vez—. Lo cumpliré. Pero... ¿Y esa hermosa joven? ¿No podría unir mi destino al suyo? Y si ella me responde que sí, ¿cómo podría evitar que sufriera, ya que yo me debo a mi deber, a mi juramento...? ¿Debo exponerla a compartir mi suerte adversa?

Pensando en todo esto, llegó el amanecer y rendido por tanta emoción quedó dormido, sentado. De pronto una suave presión en su brazo lo despertó. Amina estaba junto a él y su corazón se llenó de gozo al verla.

—¿Esa pistola en su mano, era para mí? —preguntó ella un poco burlonamente.

—Para defenderla, sí.

—Ahora debe usted retirarse y descansar. Mi padre ha dejado ya el lecho y puede usted ocuparlo.

—Gracias, pero hay mucho que hacer. Hay que advertir al burgomaestre, porque esos cadáveres tienen que estar ahí hasta que la justicia los levante.

—Eso le corresponde a mi padre. Usted permanezca aquí y le traeré algo de comer.

Volvió con su padre, el cual saludó a Felipe y luego partió para ver al burgomaestre. Amina lo llevó a una sala en la que vió una taza de café, cosa rara en aquellos tiempos, y cara, por lo cual Felipe pensó que Poots, avaro como era, debía estar muy acostumbrado a él para gastarse dinero en el brevaje.

Felipe bebió y comió cuanto le puso Amina delante. La joven lo contemplaba.

—¿Me permite que le diga una cosa? —preguntó él.

—Hágalo.

—He pasado toda la noche pensando en su padre y en usted. Creo que no deben permanecer en esta casa tan solitaria.

—Sí, aquí no estamos seguros. Pero usted conoce a mi padre. El alquiler es barato y él es... cauto con el dinero.

—Esta casa no reúne condiciones para guardar dinero. En cambio, mi casa, sí. Está rodeada por otras y todos son buenos vecinos. Yo voy a abandonarla, quizá para siempre porque pienso embarcarme para el mar de las Indias.

—¿Por qué al mar de las Indias? ¿No nos dijo que ahora era rico?

—Es cierto, pero debo partir. Es mi destino y no me pregunte por qué. Escuche: su padre y usted pueden ir a vivir a mi casa y cuidarla. Allí estarán seguros y yo le dejaré dinero para que me lo cuide.

—A mi padre no puede confiársele dinero.

—En ese caso se lo dejaría a usted, en la que sí puedo confiar. Pero, ¿por qué arriesgar su vida siendo rico?

—No puedo decirselo. Cumplo un deber filial.

—Siendo así no insisto. No ha sido la curiosidad sino otro sentimiento el que me ha obligado a hacerle esa pregunta.

—¿Qué sentimiento?

—Pues... gratitud, aprecio, respeto, confianza...

—Los mismos que siento yo por usted y quizá alguno más. Por lo tanto, si me aprecia, acepte ir a vivir a mi casa.

—Y usted, ¿dónde viviría?

—¿Me admitirían ustedes como huésped? Durante los pocos días que pienso permanecer en el pueblo. Pagaría incluso por ello.

Ella asintió.

—Creo que convenceré a mi padre, ya que se fía mucho de mí. ¿Satisfecho?

Le alargó la mano, que Felipe estrechó con emoción y luego la aproximó a sus labios.

Estuvieron unos instantes sin hablar y luego Amina le preguntó si había sido en la sala cerrada de su casa, de la que había oído hablar, donde había encontrado el dinero que lo había hecho rico de la noche a la mañana.

—Sí, y mi madre me reveló el secreto antes de

morir. Pero lo siento, Amina, porque no puedo revelar ese secreto. Bástele saber que se debió a una aparición que ella tuvo.

—¿Su esposo, tal vez?

—Sí. Pero no tenga miedo, porque la sala ya está abierta.

—No tengo miedo alguno. Esa reliquia, ¿tiene algo que ver con el asunto?

Felipe asintió. Luego cambió de conversación y le preguntó por su infancia. Ella le relató que su padre había estado embarcado cuando era joven, hecho prisionero por los moros y vendido como esclavo a un médico musulmán. Allí aprendió la medicina. Pero como no podía ejercer si no era haciéndose musulmán, abjuró de su religión y así se vio libre y pudo ejercer. Se casó con una joven árabe, hija de un jefe al que había curado y de ese matrimonio nació Amina. Mientras, Poots acumulaba riquezas, pero como no pudo curar al hijo del rey, que estaba enfermo, se puso precio a su cabeza y se le despojó de sus bienes.

Fue al Cairo, donde ofició de médico, pero al hacerse de nuevo rico, suscitó la envidia de un dignatario y tuvo que marchar a España. Por último habían vuelto a Holanda.

—Entonces, Amina, usted es musulmana...

—No lo sé. Adoro al dios de la naturaleza, y pienso que todas las religiones conducen a algún cielo. Usted es cristiano y piensa que la suya es la mejor. Pero hay personas que opinan que es la suya la verdadera.

—La mía es la única verdadera, Amina. Tengo terribles pruebas de ello.

—Diga las pruebas, entonces.

En ese momento oyeron voces. Era el doctor con las autoridades. Estas tomaron declaración a Felipe y Amina y ordenaron el traslado de los cadáveres. Luego los tres quedaron solos y Amina le hizo a su padre la proposición que le había hecho Felipe a ella. El médico aceptó al saber que no tendría que pagar, y aquella misma tarde quedó efectuada la mudanza. Por la noche descansaron los tres bajo el mismo techo.

Capítulo III

A la mañana siguiente Amina se levantó muy temprano y entró en la sala condenada, examinando a su gusto todo lo que había en ella.

"¿Será verdad que se le apareció el padre de Felipe?", se preguntó. "Si es así, en lugar de aterrarse debería haberse alegrado, porque al menos supo de él. Pero no debo decir estas cosas, porque ellos no me comprenderían. Se asustan de los aparecidos, sin darse cuenta de que muchas veces son portadores de buenas nuevas".

Y se puso a limpiar la habitación. Cuando acabó, la sala presentaba un aspecto muy distinto.

Sacó de la sala el costurero, que sabía aterraba a Felipe. Abrió los aparadores y limpió las vidrieras. Cuando terminaba, su padre se presentó.

—Santo Dios —dijo el médico al ver los objetos de plata que estaba su hija limpiando. — Si todo eso es plata, este hombre debe ser riquísimo.

—No te ocupes de lo de los demás, sino de lo tuyo.

—Sí, pero si va a vivir con nosotros me interesa saber si tiene bastante para pagar su comida. Y, ¿quién quedará encargado de la vigilancia de su dinero cuando se embarque?

—Yo.

—Ah, bien. Y así, si su barco naufragara, podríamos quedarnos con todo, ya que no tiene más parientes que un tío suyo...

—Usted no tiene nada que ver con ello, padre. En todo caso, yo.

Amina cerró los aparadores y se guardo las llaves. Fue a preparar la comida, mientras su padre se frotaba las manos ante tantas riquezas como adivinaba en la casa.

Durante la comida, Felipe les dijo que pensaba ir esa misma tarde a Amsterdam para buscar barco. Tardaría unas tres semanas.

—Ah, entonces —dijo el médico —deberiamos contar el dinero, el cual cuidaremos como si fuera nuestro, ¿eh, Amina?

—Padre, vete a ver al hijo del burgomaestre. Toma tu sombrero.

Y tan pronto como su padre partió, a regañadientes, se volvió a Felipe.

—Entonces, ¿se marcha usted tan pronto?

—Sí, pero volveré antes de que el barco se haga a la mar. Mire, Amina, aquí está el dinero. No hay que contarlo, como su padre quiere.

—¿Y si no vuelve usted? —preguntó ella gravemente.

—Entonces, todo será suyo. La casa, el dinero y los muebles.

—Pero usted tiene un tío.

—El es muy rico y no necesita nada. Considéreme pues usted como un hermano y yo la consideraré a usted como una hermana.

Amina permaneció callada. El le entregó las llaves, y en ese momento apareció el padre Leysen, el cual los saludó. Felipe le presentó a Amina.

—Felipe, deseo hablar contigo y ruego a esta señorita que nos deje un momento solos.

Amina abandonó la estancia y el sacerdote tomó asiento. Primero intentó enterarse del secreto de la sala cerrada y lo que había ocurrido, y Felipe le dijo lo mismo que había comunicado a Amina, pero ni una sola palabra más.

—El doctor Poots, ¿es creyente? No lo he visto nunca por la iglesia.

—No lo sé, pero la hija sí parece deseosa de conocer los misterios de la religión, padre. Y supongo que usted no le importará instruirla en ellos.

El cura comprendió la pasión que el joven sentía por la muchacha y accedió gustoso.

La llegada de Poots interrumpió la conversación, pero el médico huyó de la habitación al ver al sacerdote. Luego Felipe lo dijo a Amina lo que le había pedido al cura. Amina accedió. El anciano se despidió, bendiciendolos.

—¿Le ha dado usted dinero, Felipe? —pregunto Poots.

—No, me olvidé de ello.

—Pues no lo haga. Esa gente siempre está pensando en el dinero. Si quiere yo me encargaré de que no vuelva por aquí.

—Volverá si Felipe lo quiere —respondió Amina. —El padre Leysen ha quedado en venir a verme cuando Felipe se marche.

—¿A verte? ¿qué quiere? Dinero, seguramente. No le daré un céntimo y así no volverá.

Felipe se despidió de ellos esa misma tarde. No tuvo ocasión de hablar a solas con Amina, y lo sintió, aunque en realidad no se atrevía a decirle lo que pesaba sobre su corazón.

Dos días necesito para llegar a Amsterdam y allí se enteró de que hasta dentro de algunos meses no zarparía barco alguno rumbo a las Indias, ya que el comercio había decaído mucho. Los barcos de la Compañía de las Indias Holandesas se daban a la vela solamente en las temporadas más favorables. Uno de los barcos, el **Ter Schilling** encontrábase reparando averías en los astilleros.

Felipe habló con el capitán y le comunicó su deseo de embarcarse, para aprender la carrera de oficial mercante, sin sueldo. Al capitán le agradó el joven, y le dijo que le tomaría como alumno en prácticas, le daría camarote y comería en su mesa. Así mismo le avisaría con anticipación cuando el barco fuese a la mar.

Felipe no podía hacer nada sino regresar a su casa, así que volvió a Torneuse y encontró de nuevo a Amina.

Durante los dos meses que siguieron, Poots siguió practicando la medicina, por lo cual pasaba fuera de casa muchas horas y los dos jóvenes se quedaban solos con mucha frecuencia. El amor que sentían cada uno por el otro era intenso. Felipe a veces besaba a Amina y sus brazos estrechaban el suave talle de la muchacha. Pasado cierto tiempo, el padre Leysen que los visitaba con frecuencia, entró un día en la habitación cuando Felipe abrazaba a Amina.

—Hijos míos, hace tiempo que os observo y vuestra conducta es reprensible. Felipe si tienes el proposito de casarte, es el momento de hacerlo. Voy a uniros las manos.

—No, padre espere usted a mañana, porque tengo algo que decirle a Amina —pidió Felipe.

Y cuando el sacerdote se hubo marchado:

—Tiene razón —dijo Felipe. —No podemos continuar así. Adoro hasta la tierra que pisas, Amina, pero no me atrevo a rogarte que seas mi esposa, ya que sería como condenarte a la desgracia.

—No opino del mismo modo. Si me quieres, ¿cómo puedes atraer la desgracia sobre mí? Vas a embarcarte, sí, pero entonces puedes llevarme contigo.

—No. Sería conducirte a la muerte, quizá.

—Felipe, debes ser sincero conmigo. Dime lo que te ocurre.

—Mi felicidad sería enorme si pudiera unirme contigo, pero tienes razón. No puedo hacerlo sin revelarte el terrible secreto que pesa sobre mí. Cuando me hayas oído comprenderás lo desdichado que soy. Pero no olvides que mi juramento está regístrado en el cielo y que no debes procurar hacerme faltar a él.

—Revélame el secreto cuanto antes —respondió ella impaciente.

Felipe le reveló lo que ya los lectores conocen. Amina lo escuchó en silencio sin que ni un solo músculo de su rostro se moviera. Cuando acabó, dijo:

—Esa historia es extraordinaria, sí, pero permíteme que no preste crédito a ese relato que más parece propio de Eblis, el diablo. No estoy versada en la nuva religión que quieres que aprenda, pero no puedo entender aún lo que me cuentas. Accedo a que tal vez sea cierto, en cuyo caso debes cumplir tu promesa. Busca a tu padre y sálvalo, si puedes. Pero, ¿no te das cuenta de que si estás destinado a ello ,por grandes que sean los peligros que te acechen, saldrás con bien de todos ellos? Me has pedido que resuelva. Pues bien, he resuelto. Soy tuya.

Se arrojó en los brazos de Felipe, y aquella misma noche éste la pidió por esposa a Mynheer Poots. El médico, tan pronto como pensó en las riquezas de Vanderdecken, accedió.

Tres días más tarde se celebraba el matrimonio, mientras las campanas de Torneuse repicaban alegremente.

Estaba ya muy adelantado el otoño cuando un aviso del buque en que iba a embarcarse Felipe despertó a éste de su sueño de amor, volviéndolo a la realidad.

Felipe no había vuelto a acordarse de su penoso juramento. Su felicidad presente y la posesión de su joven y amante esposa le hacían olvidarla, y por su parte Amina procuraba no recordársela. El tiempo pasaba veloz y feliz. Algunas veces Poots aludía a la partida del joven, pero el ceño fruncido de su hija le hacía callar al momento.

Cierta mañana del mes de octubre llamaron a la puerta y Amina fue a abrir.

—Deseo hablar con el señor Vanderdecken —dijo una voz sorda que parecía un eco.

El recién llegado era un hombrecillo vestido a la usanza de los marineros holandeses, con un gorro de piel de tejón, calado hasta las cejas. Su rostro era arrugado y el cabello rubio. Su aspecto no revelaba en absoluto su edad. Lo más singular de este personaje eran sus ojos, como vio Amina enseguida. El párpado derecho lo tenía cerrado y caído, pero el ojo izquierdo era muy grande, saliente y acuoso. Resultaba repugnante porque además le faltaban las pestañas. Aunque pequeño, el hombre era bien formado y sus manos no parecían las de un hombre de mar.

Amina se estremeció. Le invitó a entrar.

Felipe, llamado, se sorprendió, lo mismo que su esposa. El recién llegado había tomado asiento en el mismo lugar que dejara Amina, sobre el diván.

—Felipe Vanderdecken, ¿eh? ¿No me conoce usted?

—No.

—Me llamo Schriften y soy uno de los pilotos del **Ter Schilling** y he venido, ¡eh, eh! a separarle del amor y de las comodidades, y hasta de la tierra firme.

Felipe sintió deseos de echarle de la casa, pero Amina lo contuvo.

—Usted es católico, ¿eh? —preguntó Schriften al ver el crucifijo en la pared.

—Eso a usted no le importa. ¿Qué desea? ¿Viene a decirme cuándo zarpa el buque?

—Dentro de una semana. Mala noticia, ¿eh?

—Es suficiente tiempo. Dígale al capitán que allí estaré.

El piloto miró a Amina y luego dio media vuelta y salió sin despedirse siquiera.

Amira cayó desplomada sobre el diván. Se cubrió el rostro con las manos. Los jóvenes acababan de despertar de un sueño venturoso, y el sombrío porvenir los espantaba.

Felipe recobró pronto su sangre fría. Estrechó entre sus brazos a la joven.

—Ese hombre no parecía un ser humano —dijo ella. —Sentí frío al verlo.

Felipe también lo había experimentado, pero no quiso asustar a su esposa.

—Vamos, vamos. Ya sé que es desagradable, pero no vamos a hacer caso de su extraño aspecto. Bien, hágase la voluntad de Dios.

—Pero sólo una semana, Felipe mío...

—Dspués de todo sabíamos que tenía que llegar en un momento u otro. He de cumplir con mi juramento, Amina.

—Lo sé, y no seré yo quien te lo impida.

Entró Poots y se enteró de la noticia.

—¿Cómo? ¿Se marcha usted tan pronto? —preguntó afectando una gravedad que no sentía, ya que estaba muy contento al verse dueño de los miles de guilders.

Los siete días fueron empleados en los preparativos. Amina dominó su emoción y su tristeza.

—El corazón me dice que volverás, esposo mío —le dijo. —En esta sala te esperaré, en este diván pasarán mis horas libres. No temeré la tempestad ni que la ventana se abra de pronto. Que yo vuelva a verte, aún cuando hayas perecido, si ese es tu destino. Pero si es así, yo te seguiré pronto. Prométeme que volverás aunque sea muerto, Felipe.

—Volveré, te lo juro —respondió él.

Ella se desmayó en sus brazos. Felipe llamó a Poots y luego cogió sus pertrechos y salió de la casa.

Dos días después llegó a Amsterdam y se apresuró a embarcarse en el **Ter Schilling**. Llevaba consigo la cantidad ofrecida al capitán como precio por su aprendizaje, y llevaba también otra suma para sus necesidades.

El capitán, llamado Kloots lo recibió afectuosamente y le indicó su camarote, dejando a Felipe solo con sus recuerdos.

—¿Conque este es el barco en el que he de dar comienzo a mi empresa? Mis compañeros de viaje no sospecharán el motivo que me trae aquí. ¡Buscar la comunicación con un hombre que ya ha muerto! Si lo supieran estarían aterrados y probablemente se negarían a viajar conmigo. Incluso podrían hasta matarme para evitar el embrujo, en el que seguramente pensarían.

—¿Por qué no se acuesta usted, joven? —preguntó una voz dulce a su espalda. Se volvió y encontró a Hildebrand, el segundo de a bordo, hombre de baja estatura, y de unos treinta años de edad.

El cabello le caía en largos bucles sobre la espalda y su aspecto era agradable. No obstante, Felipe sabía que era un excelente marino.

—Gracias —respondió. —Estaba abstraído, y mis pensamientos muy lejos de aquí.

El **Ter Schilling** estaba aparejado como una fragata y desplazaba unas cuatrocientas toneladas. El fondo era casi plano y la cubierta resultaba muy estrecha.

La Compañía de las Indias tenía todos sus barcos armados y el **Ter** llevaba seis cañones de a nueve en cada banda. Las portas eran pequeñas y ovaladas. No llevaba cangreja ni escandalosa en el palo de mesana, sino una vela latina dotada de su antena correspondiente. Es inútil agregar que con su estructura no resultaba demasiado seguro.

La tripulación la componían el capitán, dos contramaestres y cuarenta y cinco hombres, aparte del segundo. El sobrecargo no se encontraba aún a bordo.

A la mañana siguiente habían sido ya izados los mástiles de gavia y la partida estaba próxima. El tiempo era hermoso y la mar tranquila y los preparativos animaron un poco a Felipe.

El capitán permanecía en la popa con un pequeño catalejo de cartón, mirando ansiosamente hacia la playa. El señor Kloots tenía la pipa en la boca y fumaba a bocanadas.

Myheer Kloots era un hombre fornido. Llevaba una gorra de piel de zorra, por debajo de la cual asomaba la punta de un gorro de dormir rojo. Sus piernas cubiertas con calzones cortos de panilla y una chupa de color verde. Adornaban sus zapatos enormes hebillas de plata.

La brisa hacía ondular su cabello crespo y su

corpulencia era inmensa. Llevaba siempre una pipa en la boca, de la que no se separaba sino para dar las órdenes.

—Buenos días, hijo —dijo a Felipe. —Estamos esperando al sobrecargo, quien por lo visto no tiene mucha prisa en llegar a bordo. Sería preferible que la Compañía nos permitiera navegar sin esos caballeros que a bordo son un maldito estorbo, aunque en tierra tengan su utilidad.

—¿Qué hace a bordo? —pregunto Felipe.

—Cuidar del cargamento y llevar la contabilidad. Pero además se mete en todo sin entender de nada y únicamente se preocupa de su comodidad. En una palabra, es el rey a bordo y nadie se atreve a contradecirle, porque una sola queja suya impediría que el buque volviera a fletarse en lo sucesivo.

—¿Conoce usted al que nos corresponde?

—No, pero me han hablado de él. Ha navegado con un capitán amigo mío y éste me ha dicho que es un hombre sumamente peligroso.

—Ojalá estuviera ya aquí.

—Tiene usted prisa, ¿eh? Me han dicho que ha dejado usted una hermosa casa y una bonita mujer.

—Quiero aprender el oficio, capitán, y hacer fortuna si puedo.

—El mar hace la fortuna de algunos y se traga la de otros, hijo mío. A mí no me importaría retirarme a una hermosa casita con algunos miles de guilders. He doblado y dos veces el cabo, lo que no es poco para un marino. La tercera puede que no sea tan afortunada.

—¿Tan peligroso es, entonces?

—Mucho. Mar gruesa, vientos huracanados, mareas y corrientes, además de los escollos. Aún anclado en la bahía, en la parte de acá del Cabo no hay momento de sosiego. En cambio una vez doblado, ya acaba el peligro. Las aguas son tranquilas como una balsa.

—¿En qué puerto tocaremos, capitán?

—No estoy muy informado al respecto. Cambroon, en el golfo de Persia será probablemente el primer punto de reunión de toda la escuadra. Allí volveremos a separarnos unos para ir a Bantam en la isla de Java y otros a los estrechos, en busca de alcanfor, goma, benjuí y cera. Allí los naturales tienen todas estas cosas, pero no hay que fiarse de ellos, porque son traidores y sus corvos puñales llevan la punta envenenada. En aquellos mares he presenciado atroces combates con portugueses e ingleses.

—¿Ahora estamos en paz con ellos?

—Sí, pero una vez doblado el Cabo ya no hay que fiarse mucho de los papeles y acuerdos firmados en las metrópolis. Los ingleses nos hostigan y nos persiguen. Sospecho que si nuestra escuadra es tan numerosa es para evitar una sorpresa.

—¿Cuánto tiempo cree usted que durará el viaje?

—Depende. Supongo que unos dos años.

"¡Dos años!, pensó Felipe. "¡Dos años separado de Amina!". Y suspiró profundamente.

—Hijo mío, dos años se pasan pronto. Yo estuve en cierta ocasión cinco años ausente, con tan mala fortuna que no solo no llevé a casa ni un solo guilder, sino que también perdí mi buque. Pero veo que ya viene la persona que estamos esperando. ¡Señor Hildebrand! Mande que los condestables estén preparados junto a los cañones con las mechas encendidas.

—¿Tengo yo que hacer algo?

—Todavía no, a no ser que nos coja algún temporal, en cuyo caso todos los brazos son necesarios. Por ahora debe limitarse a mirar y aprender. Después le ocuparé en escribir el diario de a bordo, y según le desaparezca el mareo que ataca a todos los que se embarcan por primera vez, me irá siendo de mayor utilidad.

"El aguardiente va bien para el mareo. Ahora vamos a recibir como se merece al representante de la Compañía. ¡Señor Hildebrand, dé la orden de hacer fuego!

Se dispararon los cañones, y el bote atracó al costado del *Ter Schilling*. El sobrecargo era un hombre pequeño y de aspecto repulsivo, con un sombrero de tres picos galoneado de oro.

Su casaca era carmesí, con largos vuelos y el chaleco de seda blanca. Hebillas de oro en los zapatos y una caña de bambú con empuñadura de plata completaban su atavío.

Nadie sin embargo se atrevía a burlarse de él, pues se conocía su poder como delegado de la Compañía de Indias. Por tanto se le recibió con todos los honores aunque parecía un mono más que un hombre.

Mandó que se le condujera a su camarote, mientras el buque levaba anclas en ese momento. Los marineros estaban ya ocupados en sujetar el ancla en los pescantes cuando de pronto la campanilla de la cámara de popa que ocupaba el sobrecargo empezó a sonar con violencia.

—¿Qué ocurrirá? —pregunto el capitán Kloots. —Venderdecken, vaya usted a ver lo que desea.

Felipe encaminose a la camareta, donde encontró al sobrecargo encaramado sobre una mesa y tirando del cordón de la campanilla con muestras de espanto. La peluca se le había caído y su desnuda calva le daba un aspecto ridículo.

—¿Sucede algo, señor? —pregunto Felipe.

—¿Qué si sucede? —replicó el sobrecargo que se llamaba Strom. —Llame usted enseguida a todos los soldados que se encuentran a bordo. ¡Pronto, señor! ¿Es qué quieren que sea devorado, asesinado, hecho pedazos! ¡Muévase! ¡Oh, Dios mío, ya se sube a la mesa! ¡Socorro!

Felipe no había mirado hasta entonces más que al ridículo personaje. Miró en torno suyo y lleno de admiración vio a un oso pequeño que se entretenía en destrozar la peluca del sobrecargo. Al principio él también se asustó, pero luego pensó que el animal debía ser inofensivo, pues de lo contrario no andaría suelto por el barco.

La entrada del capitán Kloots puso fin a la escena.

—Hola, ¡ya veo que es **Johannes**! ¡Fuera de la cámara, **Johannes!**

El animal se escabulló por la puerta.

—Señor Strom, crea que lamento mucho este percance. Tome su peluca. Cierre usted la puerta, Vanderdecken, pues el animalito me quiere mucho y podría querer volver a entrar.

En cuanto Strom se vio fuera de peligro, recuperó su soberbia compostura.

—¿Qué significa esta falta de respeto al representante de la Compañía? —preguntó.

—No hay falta de respeto, señor. Es un animal muy manso y está conmigo desde que era joven. Sin duda mi segundo se olvidó de que andaba suelto al hacer la maniobra y el animalito se ha metido aquí, pero respondo que no volverá usted a verlo.

—Señor Kloots, es necesario que usted tire a ese animal por la borda.

—Jamás haré una cosa así, señor Strom, pero le garantizo que no le molestará más.

—En ese caso tendrá usted que entenderse con la Compañía sólo autoriza a los animales que sirven buque no volverá a fletarse y usted perderá la parte que le corresponda.

Kloots era terco, como buen holandés y no le gustó el tono del sobrecargo.

—No hay en mi contrato cláusula alguna que me prohiba tener animales a bordo.

—Pues es necesario que lo envíe usted a tierra. La Compañía solo autoriza a los animales que sirven para comerciar con ellos.

—Entonces anclaré de nuevo y el Consejo de la Compañía resolverá. Si me ordenan que deje el oso en tierra, obedeceré. Si no, no. Pero en ese caso habrá retraso y perderemos la compañía de la escuadra y su protección. ¿Mando echar el ancla, caballero?

El sobrecargo lo pensó un instante.

—Accedo, pero no quiero volver a verlo —dijo.

—Se lo garantizo, señor—. Y en voz baja, de tal manera que sólo le oyera Felipe, añadió: —Si la compañía manda monos a bordo, igualmente puedo yo tener un oso.

Y tras haber triunfado recobró su buen humor habitual.

Capítulo IV

La escuadra partió, por fin, con dirección al Cabo de las Tormentas y pocos días encontrábase ya Felipe en situación de prestar algún servicio a bordo. Estudiaba mucho, porque con el estudio olvidaba la verdadera causa de su embarque y trabajaba también mucho, porque el ejercicio le hacía dormir mejor.

Su carácter, su honradez y laboriosidad le granjearon pronto las simpatías de la tripulación, y no tardó en llegar a ser el favorito del capitán y el íntimo amigo de Hildebrand, el segundo de abordo. El sobrecargo rara vez salía de su cámara, ya que el oso campeaba por sus respetos y el señor Strom le tenía un miedo cerval, pese a ser un animal tan cariñoso. No obstante, había escrito una carta a los directores de la Compañía en la que exponía sus quejas.

Al piloto tuerto, Schriften, le eran tan antipáticos Felipe como el oso. Como Vanderdecken tenía el grado de oficial, no le demostraba su animadversión de una manera palpable, pero se vengaba en el oso, al que maltrataba cuando nadie le veía.

Nadie quería a Shriften, pero todos le temían, merced a lo cual había logrado adquirir cierta autoridad sobre ellos.

Un día, juntamente con otros dos buques, el *Ter Schilling* ancló a corta distancia del Cabo. Hacía un calor sofocante, porque era verano en aquellas latitudes. Felipe se quedó dormido bajo la toldilla de popa. Cierta impresión extraña lo despertó y vio a Schriften que inclinado sobre él tiraba suavemente de la cadenita de que pendía de su cuello la sagrada reliquia que fuera de su madre. Volvió a cerrar los ojos. Quería averiguar las verdaderas intenciones de aquel hombre: No cabía duda: quería robarle. Se puso de pie de un salto y lo agarró por el cuello.

—¿Qué significa esto? —preguntó indignado, con ojos que echaban chispas.

Schriften no pareció turbarse al ser sorprendido. Por el contrario, miró maliciosamente al joven y preguntó.

—¿Es su retrato, no?

—Le prohibo que hable siquiera de esto, porque se arrepentirá —le respondió Felipe.

—¿Qué contiene? ¿La uña de algún santo o un trozo del "lignum crucis"?

Felipe no respondió.

Schriften salió corriendo hacia la toldilla de la marinería.

—Noticia, muchachos —gritaba—. ¡Tenemos a bordo un trozo de la verdadera cruz, con el cual podemos desafiar al mismo diablo!

Felipe le había seguido instintivamente, merced a lo cual pudo oir la conversación:

—Ah, entonces —dijo uno de los marineros más viejos—, podremos desafiar no solamente al diablo sino al mismísimo *Holandés Volador.*

—¿Aludirán a mi padre? —preguntó en voz baja Felipe. Y sin ser visto por los hombres se colocó en un lugar desde el que podía oir lo que decían.

—Encontrarse con él es peor que encontrarse con el mismo demonio.

—Nadie lo ha visto aún. Sólo son habladurías.

—Sí, lo han visto —aseguró otro.

—¿En qué mares navega?

—Siempre está en las inmediaciones del Cabo de las Tormentas.

—Me gustaría oir esa historia —agregó uno de los grumetes.

—Sólo puedo decirte lo que sé. Ese buque está condenado. Su tripulación la componen marineros que degollaron a su capitán.

—Por el contrario —ahora era Schriften el que hablaba— el capitán vive todavía y por cierto que era un malvado. Se asegura que, como cierta persona que se encuentra a bordo, había dejado en tierra a una bella esposa, a la cual amaba apasionadamente.

—¿Y cómo sabe usted todo eso?

—Porque él siempre ha intentado enviar cartas a su casa con los buques que encuentra a su paso. Pero, ¡desgraciado del buque que se encarga de llevarlas! Se va a pique y no se salva ni uno solo de los que componen su tripulación.

—Ese relato me asombra. ¿Has visto a ese famoso buque alguna vez?

—Sí, por cierto —respondió Schriften en voz

baja. Y añadió: —Pero nada temáis, porque aquí tenemos nada menos que un trozo de la verdadera cruz, de la Santa Cruz.

Dicho esto y sin duda para evitar nuevas preguntas, separose del grupo y de pronto se dio de manos a boca con Felipe.

—De manera que yo no soy el único curioso a bordo, ¿eh? —preguntó gruñonamente—. Y dígame, señor Vanderdecken, ¿lleva usted esa reliquia por si tropezamos con el **Holandés Volador?**

—No creo en esas patrañas.

—¡Qué casualidad! Usted tiene el mismo apellido, porque me han asegurado que el capitan del **Volador** se llamaba también Vanderdecken.

—Es un apellido muy común. —respondió Felipe fríamente.

Y sin dignarse siquiera mirar a su interlocutor, se dirigió hacia popa.

"Cualquiera diría que ese maldito tuerto conoce mi historia, y sin embargo no es posible", reflexionó. Es extraño que me tenga tanta antipatía, cuando yo no le he causado el menor daño.

Tres días después el *Ter Schilling* y sus acompañantes fondeaban en Table Bay, donde ya les esperaban los otros buques que iban hacia la India. En aquella época los holandeses habían establecido una colonia en el Cabo de Buena Esperanza, también llamado de la Tormentas, donde los buques que iban hacia las Indias hacían acopio de agua y provisiones. Luego, tras de recibir instrucciones sobre dónde habrían de encontrarse de nuevo, los barcos prosiguieron su marcha.

Durante los dos primeros días el viento fue flojo y avanzaron poco, pero al tercero la brisa refrescó hasta convertirse en huracán. Los barcos fueron empujados hacia el norte, y al séptimo día el *Ter Schilling* se encontró solo en el mar. Púsose proa al este y completamente cargado de vela, el barco no tardó en acercarse a la costa.

—No vemos a los demás, pero es medio día y voy a tomar la altura —dijo Kloots a Felipe. Traigame el sextante. Veamos, estamos a 3 grados al norte del Cabo. La corriente es muy violenta y el viento disminuye. Si no me equivoco, creo que va a cambiar el tiempo.

En efecto, por la tarde llegó la calma. Gran multitud de focas rodeaban al barco.

—¿Qué ruido es ese? —preguntó Felipe—. Suena como un trueno.

—Ya lo oigo, ¡a ver, alguien a las cofas! ¿Ves tierra?

—Sí, señor —anunció el vigía—. Hacia proa hay bancos de arena, que el mar bate.

—Ese es el ruido, señor Vanderdecken. La corriente es muy violenta y hace falta que refresque el viento.

—¿Conoce usted la costa? —preguntó un instante después al piloto Schriften, que estaba a su lado.

—Perfectamente, señor. La marea rompe en un fondo de doce brazas y si no refresca la brisa, antes de media hora estaremos en los bajíos.

Kloots no pudo dominar su ansiedad y la pipa se le cayó de la boca. Los marineros se agruparon en el castillo de proa para escuchar aterrados el ruido de las rompientes. El sol se había puesto y las sombras de la noche acrecentaban la alarma.

—Es preciso arriar los botes— dijo el capitán al segundo oficial—, e intentar remolcar el buque. Acaso sea inútil, pero al menos estarán los botes dispuestos por si tenemos que usarlos para llegar a tierra. Voy a avisar a Strom.

Strom estaba sentado dignamente, y como era domingo se había puesto una peluca nueva. Al oir estas palabras del capitán, se puso en pie violentamente.

—¿Estamos en peligro, capitán Kloots? ¿Cómo puede se así si la mar está como una balsa y no sopla viento alguno? Pronto, ¡una luz!

Kloots volvió con una luz y abandonaron la cámara. Ya estaban las lanchas botadas al agua y el buque había virado en redondo. Pero la noche era muy obscura y sólo se veía la blanca línea de las rompientes al estrellarse en ellas las olas.

—Capitán, voy a abandonar el buque. Necesito el mejor bote para mis papeles y para mí.

—No puede ser, señor Strom. Los botes apenas podrán contener a la tripulación, y la vida de cualquier marinero vale tanto como la suya.

—¡Soy el sobrecargo de la Compañía! ¡Se lo ordeno!

—Y yo le desobedezco. ¡Suelten los cabos de remolque! Felipe, embarque usted las brújulas, el agua y las provisiones. Dentro de cinco minutos abandonaremos el buque.

Encontrábanse ya cerca de los escollos. La brisa que soplaba de tierra ahora era cada vez más fuerte, y sin embargo el buque permanecía inmóvil. Todo el mundo estaba en los botes y sólo los oficiales quedaban a bordo.

—Me parece que nos movemos —dijo Felipe.

—Quizá nos salvemos —respondió el capitán—. Señor Hildebrand, si la brisa dura diez minutos tal vez nos salvemos.

El *Ter Schilling* fue poco a poco apartándose de las rompientes, y por fin comenzó a hendir las olas con rapidez.

Poco después el peligro había pasado y la tripulación regresó desde los botes al barco.

Por la mañana al día siguiente, volvió a cesar el viento, y Kloots que se encontraba en cubierta con Hildebrand oyó de pronto gran ruido en la cámara de proa. Pronto vieron a Strom salir corriendo de su cámara en paños menores y asegurando que el oso lo quería matar.

Johannes, en efecto, se había metido en su cámara, oliendo la miel que el sobrecargo había embarcado en Table Day, y tratando de encontrarla, había destrozado todos los armarios de la camareta. El capitán pudo calmar al enfurecido y temeroso sobrecargo, pero ya **Johannes** había devorado casi toda la miel. Lo cual evidentemente no predispuso al sobrecargo a favor del capitán. Al instante comenzó a escribir otra carta a la Compañía, quejándose del capitán Kloots.

Mientras tanto, el capitán contemplaba el cielo en compañía de Hildebrand y de Felipe Vanderdecken.

—Arreboles en el cielo —dijo el segundo—. Eso quiere decir que mañana tendremos buen viento.

—Es raro que aún no hayamos encontrado a los otros barcos de la escuadra.

—Sin duda habrán tomado otro rumbo.

Un confuso rumor se oyó entre los marineros.

—¡Es un buque!

—¡No!

—Sí que lo es.

—Hay un buque, capitán —dijo Schriften—. Allá, entre la bruma.

Miraron en aquella dirección, y vieron efectivamente algo que parecía un buque. Poco después se disipó la bruma y una pálida claridad bañó aquella parte del horizonte. No soplaba la menor ráfaga y el mar parecía un espejo. Sin embargo el otro barco parecía navegar, y pronto pudieron distinguir los palos y las vergas incluso.

Nadie podía dar crédito a sus ojos. En el centro de aquella tibia luz que se extendía unos quince grados sobre el horizonte había en realidad un barco, pero aunque la calma era completa, ese barco parecía luchar contra un temporal, siendo tan espantosos sus cabeceos que algunas veces llegaba a enseñar la quilla.

Las gavias y las mayores iban cargadas, presentando al viento sólo un foque con varios rizos y las velas de estay. Era un navío poco andariego y no obstante se aproximaba rápidamente, empujado sin duda por un huracán que sólo él parecía sentir. A cada momento se distinguía mejor.

Por fin viró de bordo y al hacerlo pasó tan cerca

del *Ter Schilling* que los tripulantes de éste vieron bien los hombres que estaban en la borda y la blanca espuma que hacía su tajamar al hendir las olas.

Oyeron también el silbido del pito del contramaestre y el gemir de tablones y mástiles. Una densa bruma que se levantó en ese momento envolvió al misterioso barco y algunos segundos después todo había desaparecido.

—Santo Cielo, nunca lo hubiera creído —dijo el capitán Kloots.

Felipe sintió que en su hombro se posaba una mano y un estremecimiento de frío recorrió su médula. Cuando volvió la cabeza se encontró al piloto Schriften que murmuraba a su oído:

—Ese era el barco del *Volador Holandés* del capitán Wilhem Vanderdecken.

La tripulación del Ter Schilling viose envuelta en una súbita obscuridad que acrecentó el terror que experimentaban aquellos hombres avezados a todos los peligros y en los primeros momentos nadie se atrevió a pronunciar una sola palabra.

La luz había desaparecido por completo pero muchos ojos estaban fijos todavía en el lugar de la misteriosa aparición.

Hildebrand fue el primero en romper el silencio.

—¿Qué es aquello?

—La luna, que rasga las nubes —dijo alguien.

—Bien —observó Kloots limpiándose el sudor que cubría su frente—. Había oído hablar antes de esto, pero siempre lo creí una fábula.

Schriften se acercó al capitán y le dijo:

—Como piloto de este buque le advierto que se debe preparar para mal tiempo.

—Mal tiempo...

—Sí, señor. El barco que ha encontrado en su camino lo que acabamos de ver nosotros jamás ha vuelto a disfrutar de buen tiempo. El solo nombre de Vanderdecken es fatal.

Felipe intentó responder a esas palabras hirientes, pero le fue imposible pronunciar una sola palabra.

—¿Que tiene que ver con eso el nombre de Vanderdecken? —preguntó Kloots.

—Así se llama el capitán del *Buque Fantasma.*

—¿Quién se lo ha dicho? ¿Cómo lo sabe? —preguntó Hildebrand.

—Como sé otras muchas cosas que por ahora me callo —fue la respuesta del piloto.

Y abandonó el alcázar de proa.

—Jamás he estado tan asustado en mi vida —dijo el capitán—. No sé qué hacer. ¿Qué le parece a usted, Felipe? ¿No ha sido esto una cosa sobrenatural?

—Por cierto que sí, señor.

—Miren aquella barrera de nubes que no tardará en obscurecer la luna —observó el segundo Hildebrand—. Ya hay relámpagos hacia el noroeste.

—Señores, he luchado contra los elementos con tanto valor como el que más, pero confieso que lo que he visto esta noche me aterroriza. Felipe, envíe por una botella. Creo que la necesitamos todos.

Vanderdecken, que aspiraba a estar solo aunque fuera un rato, aprovechó la ocasión que se le presentaba para abandonar la popa. La aparición del Buque Fantasma le había impresionado profundamente. La vista del barco en que navegaba su padre y cumplía su terrible condena, le hacía comprender lo terrible del juramento que había hecho. Incluso al escuchar el pito del contramaestre fantasmal le había parecido oir la voz de su padre.

Envió la botella al capitán y se quedó en el camarote, y estuvo rezando hasta recobrar un poco de calma.

Media hora después subió de nuevo a cubierta y vio que el tiempo había cambiado de nuevo. Ahora todo era obscuridad. Las velas altas se habían aferrado, la mar estaba cubierta de espuma y la fragata hendía olas formidables. Violentas ráfagas de viento azotaban la superficie y los marineros se ocupaban en reducir el velamen.

Y lo que es más: todos lo miraban con horror y evitaban su presencia. ¿Qué les habría dicho sobre él Schriften?

—El viento no es fijo y nadie sabe de dónde sopla, puesto que no hace más que variar de dirección. No me importa confesarlo: pienso como el capitán y estoy aterrorizado —dijo Hildebrand.

—A mí me sucede lo mismo —respondió Felipe—. Debemos, no obstante, confiar en la providencia.

El capitán estaba dando órdenes. Mientras la lluvia comenzó a caer en torrentes y la obscuridad era tal que los tripulantes apenas se veían unos a otros. Un resplandor siniestro rasgó las nubes y el trueno resonó en el espacio.

—¡Aferrad las velas! —volvió a gritar el capitán.

Algunos marineros corrieron a cumplir la orden, pero los demás, aprovechando la obscuridad se escabulleron para no tener que seguir en la cubierta.

El *Ter Schilling* perdió todas sus velas y no obstante esto, navegaba con celeridad fantástica hacia el sur, empujado por el vendaval. El tiempo transcurría con lentitud exasperante y parecía que jamás fuera a amanecer. Todos se creían condenados y permanecían inmóviles y silenciosos.

De pronto, una ola enorme se estrelló sobre cubierta, mientras Kloots estaba en la bitácora y Felipe e Hildebrand afirmados al timón. El capitán y sus oficiales rodaron por el suelo y la bitácora y la brújula se hicieron añicos. El palo mayor cayó estruendosamente.

El capitán estaba sin conocimiento y Felipe ordenó a dos marineros que lo llevaran a su camarote y lo dejaran en el lecho. Lo mismo hizo con Hildebrand, que se había roto un brazo. Luego, Felipe volvió a cubierta y se hizo cargo de la situación, pese a lo poco que aún conocía la náutica. Dominó a los hombres, aterrados, con su energía y aunque de mala gana, le obedecieron. Pronto el barco corría ante el vendaval, libre ya del peso del palo mayor.

Strom, acurrucado en su cama, temblaba de pies a cabeza y se cubría el rostro con una sábana, jurando que jamás volvería a embarcarse.

Las primeras órdenes de Felipe fueron obedecidas, pero pronto vio el aspirante que se formaban corrillos de marineros, los cuales hablaban con el piloto tuerto. Pronto y exceptuando a los dos que estaban agarrados al timón, todos se dieron a la bebida, vaciando botellas de aguardiente. Felipe trató de persuadirlos, pero todo fue en vano.

Felipe, incapaz de sujetar sus bajas pasiones, bajó a despertar al capitán y consiguió subirlo a cubierta. Pero se mareaba y tropezaba como si también estuviese borracho. Pronto volvió a perder el conocimiento y cayó sobre cubierta. Hildebrand estaba gravemente herido y Felipe comprendió que él mismo nada podía hacer. La luz del día iba desapareciendo y las tiniebles de la noche hacían más terrible aún la escena.

Los marineros estaban decididos al parecer a no obedecer a Felipe, alegando que él no era marino. El viento era cada vez más fuerte. Por doquier se oían juramentos y risas de borrachos, y capitaneados por Schriften que de vez en cuando hacía gestos de burla a Felipe, se ponían cada vez más imposibles de manejar.

Algunas horas más tarde abonanzó el tiempo y la mar se calmó ligeramente. El *Ter Schilling* entró en False Bay, donde los montes le protegieron en cierto modo contra las acometidas del viento. Casi sin advertirlo, el buque atravesó la entrada de la bahía y cinco minutos más tarde encalló.

La violencia del choque desprendió muchos tablones y el ruido del agua que penetraba en la bodega acalló los gritos de la marinería. El barco se acostó sobre la banda de babor, y Felipe se agarró a uno de los cabos de los obenques, mientras que varios tripulantes trataban de ganar el lado de estribor.

Kloots cayó al agua y se hundió. Felipe trató de salvar a Hildebrand, colocándolo tendido en el bote mayor, que era el único utilizable.

Una ola enorme separó al bote del *Ter Schilling* y aquellos borrachos comenzaron de nuevo sus cánticos y risotadas. El *Ter Schilling* no podía durar mucho y Felipe comprendió que le era menester salvarse en una tabla. Tampoco podía salvar al sobrecargo porque la camareta se había inundado.

Por último, un nuevo golpe de mar lo lanzó a las olas. Se agarró a una tabla y abrazado a ella pudo llegar a la playa. Rendido, ya iba a perder pie y a ahogarse cuando su mano aferró algo cálido y peludo. Era Joannes, el oso, que nadaba para ganar la orilla y que lo arrastró con él. Ya en la playa, Felipe caminó unos pasos para alejarse de las olas y evitar que volvieran a llevarlo al mar, y cayó pesadamente al suelo, perdiendo el conocimiento.

Cuando despertó de su letargo, sintió un intenso dolor en los ojos. Logró abrirlos y comprobó que debía haber pasado muchas horas al ardiente sol. Poco a poco fue recobrando la vista. La mar continuaba furiosa y seguía agitando los restos del *Ter Schilling*. Junto a él yacía el cuerpo de Hildebrand y había otros cadáveres esparcidos en la playa.

Anduvo algunos pasos, vacilante y se dejó caer en un montoncillo de arena. No tardó en quedarse dormido, exhausto.

Le despertó una extraña sensación en el pecho. Abrió los ojos y vio a un enorme hotentote, con una azagaya en la mano y al hombro la piel del pobre oso

Joannes, todavía chorreando sangre. No obstante el hombre parecía pacífico.

Felipe tenía mucha sed y le hizo gestos de que quería beber. El negro lo condujo hacia unos montecillos de arena, donde había otros cincuenta o sesenta negros ocupados en recoger los restos del naufragio. El negro que guiaba a Felipe parecía el jefe, por el respeto con que lo trataban los demás. Se le proporcionó agua, que pese a su suciedad le supo deliciosa.

El espectáculo que había a su alrededor era espantoso. Todo estaba lleno de restos del naufragio, y había varios cadáveres tendidos en la playa. Los negros habían saqueado todo lo que podían, e incluso el jefe se había colocado en la cabeza la peluca del pobre sobrecargo Strom.

Los hotentotes eran amigos de los blancos, con los que comerciaban. El jefe le dio a Felipe de comer, sacando de un morral de piel de cabra un puñado de escarabajos. Vanderdecken los rehusó, pero el jefe se los comió con grandes muestras de satisfacción. Felipe vio que su cofre flotaba sobre las olas, hizo que lo recogieran y sacó de él un puñado de guilders. Luego echaron a andar y pronto llegaron al kraal, campamento de los indígenas, donde fueron recibidos por las mujeres y los niños. Enseguida trajeron a Felipe un gran cuenco de leche que bebió con ansiedad, mientras hacía comparaciones entre su Amina y aquellas mujeres asquerosas y repugnantes.

Luego hizo señas de que necesitaba descansar y le condujeron a una de las chozas, que olía espantosamente. Pero pronto se quedó profundamente dormido.

Al día siguiente, el jefe le despertó y Felipe le dio a entender por señas que deseaba llegar a Table Bay, para embarcarse en algún barco que pudiera devolverle a Holanda. El indígena le hizo saber que no había ningún barco en Table, pero Felipe insistió, porque prefería esperar entre europeos que no entre aquellos salvajes por bien que se hubieran portado con él.

El jefe le acompañó, entonces. La jornada duró un día entero y por la tarde llegaron a la vista de Table Bay. Felipe no pudo reprimir un grito de júbilo al ver a un buque en lontananza. Se apresuró a llegar a la playa, y allí encontró un bote que había bajado a tierra para adquirir víveres. Dióse a conocer, explicó lo que le había ocurrido al *Ter Schilling* y pidió que lo permitieran subir a bordo.

El oficial encargado lo aceptó amistosamente, manifestando que regresaban a Holanda. La esperanza de poder abrazar pronto a su Amina, hizo que el corazón de Felipe saltase de alegría. Aun no había concluido para él la dicha en el mundo.

A bordo fue recibido afectuosamente por el capitán, que le dio pasaje gratis como es costumbre en estos casos y tres meses después, sin incidente alguno, llegó a Amsterdam.

Capítulo V

Era noche cerrada cuando llegó a su casa. Pensando que Amina podría sorprenderse y asustarse si se presentaba ante ella inopinadamente, se detuvo a unos pasos de la entrada, y entonces vio una figura que, en el umbral, parecía contemplar las estrellas.

Ella lo reconoció enseguida y se dirigió hacia él.

—Soy yo, Amina, no temas —dijo Felipe.

—¿Temer, esposo mío? Si eres un espíritu, bien venido seas.

—No soy un espíritu, sino tu esposo en carne y hueso —respondió él—. Abrázame si es que lo dudas.

—Entonces, ¿no has muerto?

—No, bien puedes verlo.

—¡Gracias, Dios mío!

Se abrazaron tiernamente y él le contó parte de sus aventuras. Luego le preguntó por su padre.

—Regular nada más, pero mañana hablaremos con él. Esta noche no.

A la mañana siguiente, Felipe, al despertar, contempló con amor las delicadas facciones de su esposa.

"Dios es justo, todavía queda alguna felicidad para mí. Cumpliré mi juramento, pero mientras tanto podré disfrutar de estos escasos momentos de felicidad".

Ella despertó y reanudaron la conversación de la noche anterior.

—Mi padre no ha cesado de molestarme —dijo ella—. Me he visto obligada a cerrar la sala cada vez que salía de ella, porque le he sorprendido tratando de forzar las cerraduras de los armarios. No piensa en otra cosa. Continuamente me decía que como no te vería más deberíamos quedarnos con el dinero. Sería capaz de desear vernos en la sepultura con tal de apoderarse de nuestra forturna. Lo vigilo. No le diré que has vuelto para ver el efecto que esto le produce.

En efecto:

—¡Misericordioso sea Alá! —gritó el viejo—. Pero, ¿eres tú?

—Yo soy. Vine anoche —respondió Felipe.

—Y, ¿cuándo vuelves a marcharte?

—Probablemente pasaré con ustedes algunos meses.

—¡Algunos meses! Es mucho tiempo para permanecer ocioso. ¿Has traído mucho dinero?

—Nada, porque el barco se perdió y estuve a punto de perecer en el naufragio.

—Pero volverás a marcharte, ¿no? Dejarás aquí tu dinero para que nosotros lo cuidemos.

—Podré ahorrarle ese trabajo —respondió Felipe—. Tengo el propósito de llevarme cuanto poseo para comprar mercancías en la India y venderlas cuando regrese.

Felipe lo decía para evitar que el anciano siguiese molestando a Amina.

—¡Qué locura! Podrías naufragar y entonces todo se habría perdido.

—Estoy resuelto a ello.

El viejo rumió algo y se marchó a su habitación. Amina le dijo a Felipe que ahora tendría que vigilarlo más que nunca, ya que si pensaba que Felipe se iba a llevar el dinero, trataría seguramente de apoderarse de él antes de que el joven llevase a cabo su propósito.

La primavera y el verano pasaron rápidamente. Amina quería demasiado a su marido para pedirle que renunciase a su juramento, pero se la veía preocupada. Terminado el verano, Felipe volvió a Amsterdam para buscar pasaje en algún buque.

El naufragio del *Ter Schilling* era ya conocido por todos, y Felipe había entregado a los directores de la Compañía el relato detallado de lo sucedido. En atención a su buen comportamiento se le nombró segundo del *Batavia,* hermosa embarcación de cuatrocientas toneladas. Volvió a Terneuse y les dijo a Amina y a su padre que embarcaría dentro de dos meses.

—Ah, dos meses —dijo Poots.

Amina comprendía que su padre esperaba que Felipe muriese, ya que muerto él, a ella no le importaría el dinero y podría apoderarse de todo. Amina detestaba a su padre por su avaricia, que no respetaba siquiera a su propia hija. Un día Felipe se quejó de que no se encontraba bien y Poots al instante le ordenó que se metiera en la cama, aunque el joven insistió que no era nada. Amina, desconfiada, examinó los polvos que Poots había preparado, y que, según él, deberían administrársele en vino.

Pero cuando Amina mezcló los polvos, observó que no dejaban residuo alguno ni posos y que el vino no perdía con ellos su transparencia. Esto era muy extraño y sus sospechas se hicieron más vehementes.

Así que cambió los vasos y llevó a su marido un poco de vino puro. El enfermo lo bebió bajo la mirada atenta de Poots, cuyas manos temblaban ligeramente.

Amina le comunicó a Felipe sus sospechas. El joven le respondió que no creía que hubiera hombre alguno capaz de tanta maldad. Esa noche durmió pesadamente y Amina lo veló hasta la media noche, pensando en su padre y en que si Felipe hubiera tomado los polvos probablemente a estas horas estaría muerto. Ella había visto morir mucha gente, en Africa, cuando su padre administraba un veneno a algún enemigo.

A media noche llegaron para avisar a Poots de que acudiera a ver a un enfermo. Amina fue a la habitación de su padre y lo llamó, pero el médico no respondió. Entró y encontró a su padre tendido en un diván, aparentemente dormido. Pero cuando lo sacudió, cayó de costado. Había muerto.

Durante unos instantes quedó estupefacta, apoyada en la pared. Por último logró dominarse.

—Todo me lo explico ahora —dijo mirando una copa de plata en la que había un poco de vino.

Asustado del crimen que pensaba haber cometido, y para ahogar sus remordimientos había bebido su propia pócima, creyendo que era vino puro.

La joven abandonó la estancia compadeciendo a aquella desdichada criatura y subió a la habitación donde su marido seguía durmiendo y sudando copiosamente.

No lo despertó. Volvieron a llamar a la puerta para requerir al doctor y Amina explicó lo que había ocurrido. La vecina fue a llamar al párroco y entonces Amina despertó a su marido para que la ayudara a preparar el cadáver para cuando viniera el cura.

—Hagamos ver que ha fallecido de muerte natural y en su cama —dijo la muchacha después de explicarle lo que había ocurrido. Por último se presentó el padre Leysen, sorprendido ante la noticia.

—¿Ha muerto por consiguiente de repente? Tal vez entonces esté en el cielo. ¿Ha mostrado deseos de reconciliarse con Dios?

—Observe su rostro convulsionado, señor. ¿Cree usted que en esas condiciones uno se acuerda de Dios?

—Tienes razón. Recemos una plegaria por su alma.

Poots había despertado siempre profunda antipatía en el pueblo por su avaricia, pero se le respetaba por sus conocimientos médicos. Si se hubiera sabido que era mahometano y que había muerto por una pócima que destinaba a su yerno, seguramente se le habría negado la sepultura eclesiástica y sobre la frente de Amina habría caido un estigma imborrable.

Pero afortunadamente nadie se enteró de esos detalles.

Terminadas las exequias, se registró la habitación del muerto. Amina tiró todas las pócimas excepto aquellas que consideró útiles. También encontraron acciones de la Compañía de las Indias, que representaban una bonita renta. Felipe decidió que haría lo mismo con su capital, para aumentarlo.

Por último abrieron el arca de hierro, y en el fondo encontraron cuarenta taleguitas repletas de guilders en oro y de diamantes y otras piedras preciosas.

—Tienes una dote inesperada —dijo Felipe a su esposa.

—Sí. Todas estas joyas las adquirió en Egipto. Y sin embargo, ¡cuántas miserias hemos pasado! Y aún quería envenenarte para quedarse con tu dinero. ¡Dios le perdone!

La fortuna del médico ascendía a cincuenta mil guilders.

—Soy rico —dijo Felipe—, pero, ¿de qué me sirven las riquezas? Si comprase un buque seguramente naufragaría y haría morir a otros en el naufragio. Emplearé mi dinero en acciones de la Compañía y si naufrago, compartiré las pérdidas. Debo además proporcionar a Amina todas las comodidades posibles.

Buscó dos criadas para que sirvieran a Amina, amuebló la casa con lujo, además de adquirir las acciones.

Transcurrieron dos meses y una mañana recibió la orden de incorporarse al *Batavia*, buque al que le habían destinado. Amina deseaba que viajase como simple pasajero y no como oficial, pero Felipe eligió lo segundo para justificar de aquella manera su expedición a la India.

—Experimento menos zozobra que cuando me embarqué por primera vez —dijo. —Esta vez no tengo funestos presentimientos como en aquella ocasión.

—Comprendo que debes cumplir con tu deber, y es preciso que te marches —le dijo Amina—. Seguramente volveré a verte, esposo mío.

En Amsterdam compró varios objetos que suponía le serían de utilidad en caso de naufragio y se embarcó en el *Batavia*.

Pronto comprendió que no podría viajar con muchas comodidades. El Batavia había sido fletado para llevar un gran contingente de tropas a las islas de Ceylán y Java, destinadas a reforzar y cubrir las bajas que la Compañía tenía en aquellos puntos.

El buque debía separarse en Madagascar del resto de la escuadra y navegar luego rumbo a Java. Montaba treinta cañones y lo tripulaban treinta y cinco hombres. La mayor parte del cargamento lo componían pertrechos militares. Cuando Felipe subió a bordo estaban embarcando las tropas, que pronto cubrieron el puente, haciendo difícil el transitar por él.

Pero pronto terminó el desorden. Los soldados fueron colocados por secciones en el entrepuente y los pertrechos en la bodega, quedando la cubierta expedita para la maniobra. Felipe demostró tanta actividad y pericia que el capitán le dijo:

—Estaba disgustado por haberse presentado usted tan tarde a bordo, pero veo que ha ganado el tiempo perdido.

—La orden no me llegó a tiempo, señor.

—Presumo que el próximo viaje lo hará usted como capitán, ya que en la Compañía están muy contentos con usted. No dudo además de que hará un competente capitán.

—Gracias, señor. ¿Cuántos soldados llevamos?

—Doscientos cuarenta y seis oficiales. Pocos regresarán a la patria y más de la mitad no cumplirán un año en las colonias. El clima allí es terrible.

—Eso es casi asesinarlos.

—La vida es una mercancía y la Compañía especula con ella lo mismo que con otras. Esos soldados los compra baratos y los vende caros. Por otra parte, eso no es incumbencia nuestra.

Felipe no estaba conforme. Pensaba en aquellos desgraciados que se alistaban por una miseria e iban a morir lejos de sus familias y de su patria para hacer que los negocios de la todopoderosa Compañía prosperasen.

Una semana después el *Batavia* y el resto de la flota se hicieron a la mar.

Convencido Felipe de que volvería a encontrarse con el *Buque Fantasma* y que este encuentro llevaría aparejado el naufragio inevitable, cada día aumentaban sus preocupaciones y le hacían quedarse cada vez más delgado. No pronunciaba una palabra fuera de las órdenes necesarias y se consideraba un criminal por llevar a tanta gente a la muerte. Cuando alguien hablaba ante él de su mujer o de sus hijos, se sentía enfermo y se dirigía a un lugar solitario para rumir sus pensamientos.

Su ansiedad aumentaba a medida que se acercaban al Cabo, y para entonces todos se habían dado cuenta a bordo de que algo le pasaba al segundo. El capitán y los oficiales del Ejército intentaron inútilmente que les explicase la causa de su tristeza, pero él se excusaba en su mala salud. Pasaba la mayor parte de la noche en cubierta, examinando el horizonte en todas direcciones, persuadido de que no tardaría en aparecer el *Holandés Volador,* y no se retiraba a su camarote hasta casi el amanecer. No obstante, después de un viaje feliz y sin incidentes, la escuadra ancló en Table Bay y Felipe se tranquilizó al no haber visto el barco maldito de su padre.

Aquella tregua fue muy breve, porque la escuadra volvió a hacerse a la mar, y la ansiedad volvió a apoderarse de él.

Pero el *Batavia* navegó con mar tranquila y algunas semanas después anclaban en la isla de Java. Felipe bajó a dormir y cuando despertó se vio libre de un gran peso.

—No todos los buques en los que navego concluyen naufragando —pensó—. Tampoco aparece siempre el *Holandés Volador* aunque se le busque. Mi conciencia está mucho más tranquila.

Las tropas habían desembarcado ya y un espectáculo magnífico se ofreció a sus ojos. A una milla veíase la ciudad de Batavia y detrás una alta cordillera vestida de verde y salpicada con lindas casas de campo. Un panorama encantador que recreaba la vista. Vegetación lujuriosa y de un verde brillante, y numerosos buques que llenaban el puerto con sus palos que parecían un bosque. Una suave brisa rizaba las aguas.

—No parece un país insalubre —dijo Felipe al capitán.

—La muerte se oculta aquí hasta entre las flores. ¿Se encuentra mejor, señor Vanderdecken?

—Mucho mejor.

—Si pasara usted unos días en tierra quizá terminaría de ponerse bien. Pero será poco porque zarparemos en cuanto tengamos el cargamento preparado y eso no llevará mucho.

Felipe descendió a tierra y se alojó en casa de un honrado comerciante que vivía en un lugar muy bien ventilado. Permaneció allí dos meses, y volvió a embarcarse algunos días antes de darse el *Batavia* a la vela.

El viaje de regreso fue excelente y cuatro meses después estaban a la vista de Santa Elena, tras de haber cruzado el Cabo, sin encontrar al Buque Fantasma. Poco antes de arribar a la isla, un bote atracó al costado del Batavia. Se trataba de los restos de un barco holandés que había naufragado, y sus ocupantes estaban extenuados de tanto remar. Entre ellos había un anciano sacerdote portugués.

—El naufragio no fue una sorpresa para mí —dijo el capitán del barco hundido a los oficiales del *Batavia*—, porque cinco días antes habíamos encontrado al *Holandés Volador*. Yo había oído hablar de él muchas veces, pero jamás lo había encontrado y espero no encontrarlo de nuevo, porque me ha arruinado.

—¿Y cómo se les apareció? —inquirió el capitán del Batavia.

—Solamente le vi el casco. La noche era clara y hermosa, y me despertaron por la noche porque la tripulación estaba intranquila, diciendo que habían visto al Buque Espíritu o del Diablo, como le llamaban. Yo me burlé de ellos, no porque no creyera, sino para darles ánimos, cuando de pronto oimos una voz que decía: "Buque a estribor. Tocad la campana". Había niebla y no veíamos apenas. La misma voz anunció: "Dispara un cañón de proa" "Fuego". La dotonación sonó en nuestros oidos como un trueno y luego la niebla desapareció como por encanto, y todo quedó en el mismo estado que antes de la aparición. Mis hombres pueden confirmar lo que digo. La tripulación quedó sobrecogida, y unos días después tuvimos una vía de agua. Echamos mano a las bombas, pero el barco se hundió en pocas horas.

"Al menos", pensó Felipe, no es solamente mi presencia la que pone en peligro a los barcos, ya que en ese no iba yo, al menos".

Al día siguiente entabló conversación con el sacerdote portugués, que hablaba el holandés correctamente. Era un venerable anciano con larga barba blanca. Vanderdecken le confesó que era católico. Felipe le preguntó si había visto la aparición del *Barco Fantasma.*

—Vi lo que vieron los demás, hijo mío. Pero creo que si naufragamos se debió también a que entre los pasajeros había un hombre cuyos pecados podrían hundir todos los barcos del mundo. Se trataba de un director de la Compañía, al que nadie quería por sus muchas maldades. El fue el único, por cierto, que murió en el naufragio. Pero mañana, si quiere, le relataré la historia completa, que es súmamente aleccionadora.

El tiempo se mantuvo hermoso y el *Batavia* estuvo corriendo bordadas hasta el amanecer, con objeto de fondear en Santa Elena. La calma les impidió hacerlo, sin embargo. Mientras tanto y como no había nada que hacer, Felipe se sentó con el sacerdote portugués y le recordó su promesa de contarle la historia.

El sacerdote así lo hizo.

Le habló de que los portugueses, ansiosos de anunciar en todo el mundo el cristianismo, se habían instalado en las islas del Japón y siete años más tarde San Francisco desembarcó en la isla de Ximo, donde predicó la verdadera fe. De allí marchó a la China, que era su destino...

Continuó contándole la historia de cómo en el Japón fueron perseguidos por los príncipes aunque lograron un gran número de adeptos, y acabó con una moraleja, según la cual era mejor cumplir las altas misiones en este mundo, despreciando las riquezas para poder disfrutar bienaventuranzas en el otro.

—Eso es cierto en algunos casos, padre —respondió Felipe.

—Me quedan pocos años de vida y Dios sabe si abandonaré este valle de lágrimas con repugnancia —dijo el sacerdote—, pero tú eres joven y debes tener esperanzas.

Felipe se retiró pensando en si confesárselo todo al anciano, pero decidió no hacerlo. El asunto era demasiado serio, demasiado íntimo y sobre todo demasiado peligroso para verterlo en oidos ajenos.

Sacó la reliquia y la besó respetuosamente.

El *Batavia* siguió su camino y poco después llegaba a las márgenes del Zuiderzee. Felipe pidió permiso para desembarcar y obtenido éste fue hacia su casa, acompañado del padre Matías, con el cual había contraído estrecha amistad en el trascurso del viaje, y al cual le había ofrecido protección y alojamiento mientras se encontrara en los Países Bajos.

Capítulo VI

Pronto Felipe se enteró, aterrado, de que había habido una gran epidemia de fiebres tifoideas en toda la región, por lo cual apresuró aún más el paso para llegar cuanto antes a su casa, poseído de negros presentimientos.

En efecto, nada más levantar el picaporte y tras de ver que los postigos estaban cerrados, oyó una voz que desde lo alto de la escalera preguntaba si llegaba el médico.

Felipe subió la escalera en cuatro saltos y llegó al aposento de Amina. Una mariposa daba una luz pequeña, desde su vaso de aceite. Las cortinas del lecho estaban cerradas y a su lado, el Padre Leysen tenía su breviario en la mano. La sangre se paralizó en las venas de Felipe.

—¿Ha muerto? —preguntó con voz ronca.

—No, hijo mío, aún queda esperanza, pero en este momento sufre una crisis terrible. Antes de la tarde se decidirá su suerte y sabremos si podemos esperar su restablecimiento o si seguirá la suerte de los muchos que han muerto de esta fatal epidemia.

Descorrió las cortinas. Amina permanecía insensible, respiraba con dificultad y tenía los ojos cerrados. Felipe besó su ardorosa mano, deshecho en lágrimas, pero el párroco le convenció de que debía tranquilizarse.

—Precisamente has llegado a tiempo de presenciar una escena terrible, Felipe, pero es preciso conformarse con la voluntad del Señor. Siento también que hayas llegado en estos momentos, ya que la tifoidea es una enfermedad muy contagiosa, lo cual ha hecho que tanta gente muera. Por otra parte, casi carecemos de médicos, ya que la enfermedad no respeta a nadie.

La puerta se entreabrió y penetró en la estancia un hombre alto y moreno, envuelto en una capa parda y con una esponja empapada en vinagre aplicada a la nariz, para prevenir el contagio.

Se dirigió hacia la paciente, le tomó el pulso y luego le ofreció la esponja a Felipe. Después, por señas indicó que quería hablar con el padre Leysen.

Este salió con el médico y volvió a entrar a los pocos minutos.

—Cree que se salvará, hijo mío. Debemos evitar que se destape y que reciba impresiones fuertes cuando recobre los sentidos.

—Así lo haremos, padre Leysen.

—No me preocupa que te vea, porque esa impresión sólo puede serle beneficiosa, pero como he pasado tanto tiempo a su cabecera, y en el delirio hablaba mucho, me he podido enterar de algunos detalles que se refieren a una extraña historia. ¿Es eso verdad, hijo mío?

—Sí, señor cura. Amina conoce la historia.

—Pues la ha revelado toda en su delirio. Pero no hablemos ahora de eso. Quédate velándola mientras yo voy a ocuparme de algunos otros enfermos que necesitan mis auxilios.

Felipe le explicó que había traido como huésped a un anciano sacerdote misionero y le rogó que le explicase lo que sucedía mientras él se quedaba con Amina.

Poco después, ésta comenzó a sudar, y su respiración fue regularizándose. Unas horas más tarde penetraron en la habitación el médico y el padre Leysen.

—Su esposa está fuera de peligro —aseguró el galeno tras de examinarla—. Pero no conviene que lo vea a usted por sorpresa pues es preciso evitarle las emociones fuertes. Y tampoco debe usted permanecer en la alcoba, ya que la enfermedad es muy contagiosa. Abran la ventana para que se ventile la habitación.

Luego se marchó y Felipe charló unos instantes con el párroco. Tanto éste como el padre Matías parecían haber congeniado. Amina estuvo durmiendo durante muchas horas.

—Hijo mío, este santo hombre me ha explicado la aventura que corrió en los mares —dijo el párroco—. ¿No sería pues mejor, hijo mío que nos refirieses todo lo que sabes? Nosotros tenemos experiencia y podríamos aconsejarte, ya lo sabes.

—Dice bien el párroco —advirtió el padre Matías.

—Porque, ¿quién podrá guiarte mejor que los que tenemos la misión de combatir los propósitos de Satanás? ¿Quién más a propósito que nosotros, que somos los representantes de Dios en la Tierra? Ten en cuenta además que el secreto, sea cual sea, está minando la salud de tu esposa, y que puede terminar por conducirla al supulcro, como ocurrió con tu madre.

—Creo que tiene usted razón señor cura, y si no lo he hecho antes ha sido por pensar que era un secreto que sólo yo debía conocer.

Y procedió a contarles la historia entera, tal y como la conocemos.

—Ya ve usted, —terminó—, que estoy ligado por un solemne juramento, que seguramente ha oido Dios. Me veo por tanto obligado a seguir mi destino.

—Hijo mío, es una historia singular y apenas humana. El padre Matías y yo conferenciaremos sobre ella. Sube a ver a Amina.

Felipe veló el sueño de su esposa durante unos minutos y luego volvió a bajar.

—Hijo mío, si fueras tú solo el que hubiera visto ese barco fantasma, podríamos pensar que se trataba de una alucinación, pero no sólo has sido tú sino otras muchas personas al parecer, entre ellas este santo misionero. No cabe duda de que algo de sobrenatural hay en todo ello. ¿Diabólico? ¿Permitido por el Señor? Ah, no lo sabemos.

—Yo creo que se trata de algo relacionado con Dios.

—No podemos asegurarlo. Cierto que el Todopoderoso muchas veces permite ciertas apariciones, pero no hay una línea muy clara entre sus actos y los que se pueden atribuir al diablo. Nuestro consejo es por tanto que emplees parte de tu dinero en misas por el alma de tu padre. Eso le puede ser beneficioso y no le aportará desde luego mal alguno.

—Pero mi juramento...

—La Iglesia te lo dispensa y nosotros en su nombre te absolvemos.

El padre Leysen salió y Felipe continuó discutiendo con el padre Matías, hasta que al fin quedó, no convencido, sino más perplejo aún.

Por último Amina despertó de su aletargamiento y ambos sacerdotes le dieron con cuidado la noticia de que el barco había llegado a Amsterdam.

—¿Es posible que mi esposo haya vuelto? —preguntaba ella una y otra vez y ellos le aseguraban que así era.

Por último, le dijeron que podía entrar. La enferma exhaló un grito penetrante y perdió el conocimiento. Afortunadamente se recobró pronto y la convalecencia comenzó rápidamente.

A las seis semanas del regreso de su marido estaba completamente curada. El padre Matías continuaba honrando la casa de los jóvenes y se habían rezado ya innumerables misas por el alma del capitán Vanderdecken, y distribuído numerosas limosnas entre los pobres.

El tema principal de las conversaciones en el matrimonio era la decisión de los sacerdotes respecto al juramento de Felipe. Amina, como ya sabemos, aunque no se oponía a que lo cumpliera, lo amaba tanto que por no separarse de él se inclinaba a favor de la opinión de los curas. Felipe, entre unos y otra comenzó casi a olvidarse del juramento.

Una mañana Amina, mientras estaban sentados en el jardín le dijo:

—¿Crees en los sueños, Felipe? ¿Piensas que se puede uno comunicar con los espíritus por medio de ellos?

—Sí, ya hay muchas pruebas de ellos en las Sagradas Escrituras.

—En ese caso, ¿por qué no satisfaces tus escrúpulos por medio de un sueño?

—Porque no está en mi mano el hacerlo.

—Tengo medios para hacerte soñar. Si lo deseas, soñarás. Tengo ese poder aunque no te lo he revelado hasta ahora. Lo adquirí de mi madre. Sabes que nunca miento y si lo quieres, soñarás.

—Pero ese poder te vendrá de alguna parte.

—Naturalmente, empleo medios que tú ignoras, y que sin embargo son muy conocidos en mi país. Consiste en un encanto que nunca falla.

—¿Eres, pues, hechicera? ¿No sabes que la religión prohibe los encantamientos?

—Me importa poco. Ese poder existe y yo lo tengo.

—¿No intervendrá en ello el demonio?

—¿No afirman los curas que todo cuanto el demonio hace es permitido por Dios, ya que de lo contrario no podría llevarlo a cabo? Yo sólo pretendo iluminarte en tus dudas que cada vez te hacen sufrir más.

—No veo inconveniente alguno si el sueño es natural como el que tenían los antiguos patriarcas, pero invocar una visión apelando a encantos prohibidos, es como hacer un pacto con el diablo.

—Pacto que si está permitido por Dios, como te decía antes, no es pecado.

—Tengo un poco de miedo, Amina.

—Mis intenciones son buenas. Empleo estos medios para conseguir un buen fin. Conocer la voluntad divina en este asunto.

—¿Ejerció tu madre esas artes?

—No, pero tenía fama de ser muy experta en ellas. Murió joven, como sabes y no pudo enseñarme muchas cosas. Según muchas pruebas, que hasta existen en las Escrituras, hay espíritus superiores que ayudan a la humanidad. ¿Por qué no hemos de tratar de conseguir esa ayuda, sin que sea pecado? Las revelaciones que tú has tenido, ¿las consideras verdaderas o sólo producto de tu fantasía?

—Demasiado conoces mi opinión, Amina.

—Pues si ya has tenido una revelación, ¿por qué no vas a tener otra? Los curas son estrechos de mente, Felipe. Fíjate en el padre Leysen. Cree que con unas misas ya está todo arreglado. Pero mientras tanto, tú sigues sufriendo.

—Tienes razón, Amina. ¿Tienes confianza en ese poder?

—Absoluta, esposo mío. ¿Cómo voy yo a exponerte a nada malo amándote como te amo?

—Acepto, entonces.

—Hasta pasado mañana no podrá ser, porque es preciso antes algunos preparativos.

En los dos días siguientes no hablaron más del asunto. Vanderdecken temía por otra parte que los actos de Amina llegasen a ser conocidos por los sacerdotes, ya que la hubieran excomulgado.

A la segunda noche, Felipe, al meterse en el lecho, quedó profundamente dormido. Amina saltó de la cama y vistiéndose, salió de la habitación. No tardó en regresar, trayendo en las manos un braserillo de carbón y dos trozos de pergamino arrollados y sujetos entre sí con una delgada cinta.

Colocó uno de ellos sobre la frente de su marido y el otro sobre su brazo izquierdo. Luego echó ciertas esencias en el brasero y cuando el humo llenó la alcoba, pronunció algunas palabras ininteligibles, sacudiendo sobre Felipe una rama de arbusto desconocido que sostenía en su mano. Luego corrió las colgaduras de la cama y tomó asiento junto a ésta.

—Si he cometido un pecado, caiga sobre mi cabeza. Nadie pueda decir que mi esposo ha practicado malas artes, que prohiben los ministros de su religión.

Cuando la aurora llegó, Felipe continuaba durmiendo. Amina pensó que ya había soñado bastante y lo despertó.

Felipe se estremeció nerviosamente. Abrió los ojos.

—¿Dónde estoy? ¡En mi propia cama! Sí, no hay duda acerca de ello! ¡Dios mío, qué terrible sueño!

—Duerme, amado mío —dijo su esposa—. Luego hablaremos de tu sueño.

—¿Eres tú? —preguntó Felipe confuso—. Creía que estaba solo. He soñado que...

Pero sus párpados se cerraron otra vez y Amina,

rendida por aquella extraña noche, también quedó dormida.

Cuando concluyeron de desayunar, el padre Matías tomó su breviario y la joven hizo una seña a Felipe. Salieron ambos jóvenes y se sentaron de nuevo en el banco rústico.

—Felipe, anoche soñaste.

—Sí, Amina —replicó el oficial solemnemente.

—Refiéreme tu sueño y yo te lo explicaré.

—Creo que está bien claro, pero me gustaría saber qué espíritu lo ha inspirado. Soñé que mandaba un buque que doblaba el Cabo. La mar estaba tranquila y la brisa suave. Me encontraba a popa y las estrellas brillaban más que de ordinario. Hacía calor y me acosté boca arriba para contemplar mejor los astros y los meteoros que de vez en cuando cruzaban los cielos.

"Me dormí sin darme cuenta pero no tardé en despertar pensando que me hundía. Miré a mi alrededor y todo el barco, incluídos la arboladura y los mástiles habían desaparecido.

"Era una hermosa concha la que me sostenía. Una concha que de pronto se inclinó de un lado, como si portara un nuevo peso. Una mano blanca se agarró a su borde. Continué inmóvil y una figura salió de las aguas. era una mujer extraordinariamente hermosa, blanca como la nieve. Su cabello flotaba sobre las olas y sus brazos torneados parecían de marfil.

"—Felipe Vanderdecken, —me dijo—. ¿Tu vida está encantada?

"—Lo ignoro —respondí—. Sólo sé que estoy en peligro.

"—Felipe Vanderdecken, ¿vienes en busca de tu padre?

"—Debo hacerlo puesto que es mi destino.

"—Pues vamos a buscarlo juntos. Esta concha es mía, pero como no sabes manejarla, te ayudaré.

"—¿Nos sostendrá a los dos?

"—Quizá —respondió sonriendo.

"Sentose en el borde pero su peso no inclinó la embarcación. Entonces, y sin que nada nos impulsara, comenzamos a navegar.

"—¿Tienes miedo? —me preguntó.

—Ninguno.

"Se separó los cabellos de la frente y me dijo:

"—Mírame!

"Miré y eras tú.

—¿Yo? —interrumpió Amina sonriendo.

—Sí, tú misma. Te llamé por tu nombre y te abracé. Adelantamos muchos millares de leguas, y cruzamos junto a islas hermosas que semejaban ramos de flores en medio del océano.

"—No encontraremos a tu padre en estos mares tan tranquilos —me dijiste—, necesitamos tomar otra dirección.

"Fuese picando el mar poco a poco hasta que se cubrió de espuma. La concha navegaba en aquellas aguas tumultuosas sin embarcar siquiera una gota de agua.

"—Estamos muy cerca del Cabo —me dijiste—. Por quí encontraremos a tu padre. Miremos bien en todas direcciones, pues sólo un buque como el *Maldito* puede navegar en estos mares.

"Volábamos sobre montañas de espuma. La concha quedaba a veces completamente en el aire. Después de recorrer muchas millas vimos de pronto una fragata que corría empujada por la tempestad.

"—Mira, Felipe! ¡Aquél es el buque de tu padre!

"La distancia que nos separaba disminuyó rápidamente, los que iban a bordo del *Volador Holandés* nos vieron y viraron de bordo hacia nosotros. Atracamos a su costado y abrieron los portalones.

"En la cubierta vi a mi padre, que daba sus órdenes asomado a la batayola y asido a los obenques del mesana. Besé el relicario e intenté alargárselo, pero él, sonriendo, dispuso que me arrojaran un cabo. Iba ya a subir a bordo, cuando de repente un hombre se lanzó desde el buque a la concha. Tú diste un grito, desapareciendo entre las olas y la pequeña embarcación, guiada por el hombre que había ocupado tu puesto se alejó del buque velozmente. Un frío helado recorrió mis miembros y al mirar al nuevo compañero me encontré atónito con que era Schriften, el piloto del *Ter Schilling*, el tuerto, que como todos los demás se ahogó en Table Bay.

"Iracundo, lo agarré por la cintura y lo arrojé al mar. Mientras nadaba a mi alrededor gritó:

—"¡Felipe Vanderdecken, no volveremos a encontrar!

Calló unos instantes.

—Ahora, Amina, ¿qué te parece todo esto?

—En primer lugar, que soy tu ángel custodio, así como que Schriften es tu enemigo.

—Pero ha muerto.

—Lo crees así, pero tal vez no sea verdad. Tu

sueño revela lo contrario. Creo que no debes viajar por ahora. Sigue los consejos del párroco hasta que recibas un nuevo aviso. Hazme caso.

—Así lo haré, Amina.

—No hablemos más pero recuerda que me tienes prometido un favor que te pedí el otro día.

—¿Cuál? No lo recuerdo.

—Te lo diré a su debido tiempo, pero piensa que yo jamás intentaré disuadirte de tu deber.

Capítulo VII

Tres meses después de esta conversación, los dos sacerdotes habían llegado a ser tan inseparables como los mismos esposos, de tal manera habían intimado. Resuelto Felipe a esperar un nuevo aviso antes de reanudar su tarea, se acordaba poco de ésta y se sentía completamente dichoso junto a Amina. Había eso sí, escrito a la Compañía para que le dieran el cargo de capitán, pero nada más había hecho en ese sentido.

Amina y él discutieron varias veces el sueño que la joven había provocado en su esposo. Felipe insistía en que si el padre Leysen lo supiera, la excomulgaría, pero ella pensaba que una buena discusión entre el sacerdote y ella podría quizás convencerlo.

Hablaban una tarde de esto, sentados en el mismo banco rústico en el que tantas veces habían hablado, cuando una mano se apoyó en el hombro de Felipe. Este se volvió y ante su inmensa sorpresa se encontró ante el piloto tuerto, el mismo Schriften en persona.

—¡Santo Cielo! —dijo.

Amina se echó a llorar, no porque la presencia del tuerto la hubiera sorprendido, sino porque comprendió que su desdichado esposo estaba a punto de partir de nuevo.

—Felipe Vanderdecken —dijo el piloto—. Le traigo esta carta de la Compañía.

El interpelado la tomó.

—Creí que te habrías ahogado en el naufragio del Ter Schilling. ¿Cómo te salvaste?

—¿Cómo lo hiciste tú?

—Las olas me arrojaron a la playa.

—¿Por qué no podrían haberme arrojado a mí también a ella? De todas maneras no creo que me haya usted llorado mucho.

—Un momento, ¿Vas a navegar en el mismo barco que yo?

—No lo sé. Yo no ando buscando al *Buque Fantasma.*

Y se alejó tras de estas palabras.

—¿No es esto un aviso, Amina? —preguntó él.

—Sin duda. Ese tétrico mensajero parece haber salido de la tumba sólo para traerte esa carta. Perdona mis lágrimas. No volveré a afligirte con mi debilidad. Es mi deber compartir contigo las penas, y en cierto modo experimento una extraña satisfacción en participar de tu suerte, en ser la mujer de un hombre destinado a realizar tan extraordinaria empresa.

Felipe abrió la carta y se encontró con que se le nombraba segundo de a bordo de la *Vrow Katerina,* buque ya dispuesto para recibir la carga, por lo que se le exigía la presentación inmediata en el navío. La carta añadía que a su regreso, sería nombrado capitán de otro buque.

—Creí que sería nombrado capitán para éste, pero al parecer no lo han considerado conveniente. Tal vez me convenga más ser segundo, ya que quizá no tenga aún suficiente experiencia como para mandar un navío.

—Pues yo lo siento, porque siendo capitán podrías haberme llevado contigo, como es costumbre. Pero de todas maneras, si sucede algo irreparable, me resignaré. Aunque no comparto las ideas del párroco cuando habla del libre albedrío. ¿Cómo podemos tenerlo si sólo se hace lo que Dios quiere?

—No pienses más en ello. Lo que la Iglesia dice es la verdad y debemos aceptarlo. Lo que no puedo comprender es cómo Schriften se salvó. ¿Tú qué crees?

—Es muy simple, amado mío: se trata de un espíritu del otro mundo.

El padre Leysen, enterado de la noticia, le dijo a Felipe que debería obrar como tuviera por conveniente, y que él no pensaba oponerse a su resolución.

Los dos jóvenes emprendieron el camino hacia Amsterdam. Allí visitó la *Vrow Katerina*. Se trataba de un barco muy viejo y mal construído, aunque algo mayor que los otros en los que había viajado. El capitán llegó cuando Felipe estaba allí y saludó al navío en unos términos tan extraños, que el mismo Felipe se asombró.

—Oh, pobre *Katerina* mía, que te vas a ver abrumada por la carga. Pero para mí sigues siendo igual de hermosa que siempre.

Wilhelm Barentz, que así se llamaba aquel personaje estrafalario, era joven, de sólo treinta y dos años de edad. Su estatura era mediana y sus ojos parecían en cierto modo los de un loco. Felipe se presentó a sí mismo.

—Puede usted estar orgulloso joven, porque después del mío tiene el mejor empleo del mundo. Ya sé que no parece bonito, pero mi padre, que fue capitán de la *Vrow* decía que era la mejor fragata del universo. Es un buen velero, el mejor que cruza los mares. Y no es viejo. Sólo hace treinta y ocho años que se construyó y sepa usted, señor Vanderdecken, que el que se atreve a ponerle reparos a mi Vrow, tiene que entendérselas conmigo. Ya he matado tres hombres defendiéndolo y estoy dispuesto a batirme con un cuarto.

Como Felipe consideraba que el barco no valía la pena de un duelo, decidió no hablar mal nunca de la *Vrow Katerina*. Pronto quedó completa la tripulación y el barco fondeó junto al resto de la escuadra. Cuando la bodega estaba llena, Felipe hubo de admitir aún ciento cincuenta soldados y varios pasajeros, algunos de los cuales llevaban con ellos a sus esposas y familiares. Amina abrazó a su marido, cuando este entraba en el bote que le conduciría a bordo.

"Volveremos a vernos", pensó la joven. "Este viaje no será fatal, tengo la confianza en ello".

Cuando Felipe dejó de verse desde el puerto, Amina emprendió el camino de la posada. A la mañana siguiente el barco había partido y ella volvió hacia su casa muy alicaída y desconsolada.

La escuadra emprendió el viaje con muy buen tiempo, pero no habían recorrido unas pocas millas cuando ya la *Vrow Katerina* había quedado bastante atrás del resto de la escuadra. El capitán culpaba a todo el mundo menos al barco de aquel retraso. Y aseguraba que con viento en popa no habría navío alguno que se le adelantase.

Pero soplara o no de cualquier parte el viento, el caso es que la *Vrow* fue atrasándose, hasta que el almirante, determinó abandonarla, ya que un solo barco no debía retrasar una escuadra entera. Atestada de tropas y de carga, la nave gemía y luchaba abandonada de todos. El mal tiempo duró una semana, y Felipe acudía a todas partes, alentando a los marineros, sin que el capitán le ayudase en nada, ni diese disposición alguna, ya que en realidad era un pésimo marino.

—Vea, vea, señor Vanderdecken, ¿reconoce que navegamos en un barco admirable? Los otros barcos seguramente andan ahora dondo tumbos como peonzas. No se ve a ninguno de ellos y seguramente los hemos dejado detrás. Pero... ¿no se ve una embarcación allá, en el horizonte? Mírela. Debe ser muy buen marinero cuando aguanta el temporal con todo el velamen.

En efecto, un navío, con todo el trapo, deslizábase sobre las aguas, y las olas que hacían cabecear a la *Vrow,* no le afectaban para nada.

—¡Cosa extraordinaria! —dijo el capitán Barentz.

Los marineros habían descubierto también la embarcación y como la leyenda era bien conocida de todos, se podía leer en sus rostros la inquietud. Muchos soldados habían subido a cubierta. Poco después la *Vrow* se encontró metida en un fuerte chubasco, con una obscuridad casi absoluta. Un cuarto de hora después se despejó el cielo y vieron cómo el barco misterioso había desaparecido.

—Debe haber naufragado —observó el capitán— Ese comandante debía estar loco, para navegar con tanto trapo en un temporal. ¿No cree usted, señor Vanderdecken?

Felipe no respondió, ya que veía que el capitán era un imbécil. El sabía en cambio que la vista de aquel navío solo significaba que mucha gente iba a morir, incluso él mismo posiblemente.

—Creo, señor, que debemos hacer rumbo a Table Bay para refugiarnos allí y reparar averías. Probablemente allí encontraremos al resto de la escuadra.

—No tenga usted miedo —respondió Barentz—. Un barco como el mío no se hunde jamás.

Un marinero, que se había aproximado y oído las últimas palabras, exclamó:

—Maldita sea, si hubiera sabido la clase de barco que es éste jamás me habría embarcado en él. El señor Vanderdecken tiene razón. Por otra parte ese navío que hemos visto presagia un gran peligro. Pregúntelo al segundo, ya que él es un verdadero marino.

—¿Y qué le ocurre a ese barco? —preguntó el capitán—. Llevaba demasiado trapo y ha naufragado. Eso es todo.

—¡Naufragaremos si no cambiamos el rumbo! —gritaron muchas voces.

—Lo haremos aunque usted se oponga —añadió un viejo marinero.

—¡Cómo! ¿Un motín? Vanderdecken, castigue inmediatamente a ese amotinado.

—No le haga caso, señor, está loco —respondió el viejo a Felipe.

Barentz estaba furioso, pero Felipe logró calmarlo asegurándole en voz baja que los marineros eran unos pillos, y por último logró convencerlo de que la mejor solución era la de dirigirse al puerto, y la *Vrow* corrió delante del temporal. Hacia la tarde cedió el viento.

La tripulación pudo descansar al fin y los soldados subieron a cubierta, lo mismo que los pasajeros. Las madres llevaban a sus hijitos en los brazos y los marineros comenzaron a reparar los desperfectos sufridos por el temporal.

Felipe paseaba con el tercer oficial, un joven llamado Krantz y a quien el segundo apreciaba.

—¿Qué opina usted del barco que hemos visto, señor? —preguntó Krantz.

—No me era desconocido. Y hay una leyenda acerca de él. La de que el buque que lo encuentra en su camino jamás vuelve al puerto.

—¿Un barco espíritu?

—Se trata de una historia que cada cual refiere a su modo.

—Soy incrédulo, lo confieso —respondió Krantz.

—Bien, todavía no hemos llegado a puerto.

—¿Es usted supersticioso, señor?

Felipe no respondió.

Esa noche se acostó después de su guardia. Antes

de las doce le despertó un golpe en el hombro. Era Krantz para advertirle que había fuego a bordo.

—¿Dónde?

—¡En la bodega! Y gracias a que lo he descubierto por el olor a humo, porque nadie lo había notado.

—Si las mujeres, los soldados y los niños, se enteran del peligro, se asustarán y entorpecerán la maniobra. Pero, ¿cómo ha podido producirse el fuego?

El capitán, llamado urgentemente adujo que jamás había habido fuego en el *Vrow*, y que aquello tenía que ser una equivocación.

—Lo que tenemos que hacer es cerrar bien las escotillas, para que el fuego no coja aire y se incremente —dijo Felipe con energía—. Y perforar la cubierta para poder enchufar las mangas de agua.

Los marineros fueron advertidos y pronto se pusieron a la tarea, advirtiéndoles que tuvieran sangre fría y no se dejaran dominar por el pánico. Pronto el agua penetró en las bodegas. A los soldados, sorprendidos, se les dijo que solo se trataba de maniobras, pero pronto el humo llegó a su olfato y la palabra ¡fuego! se extendió por todo el barco. Hombres, mujeres y niños, despavoridos, subieron a cubierta y se produjo lo que Felipe temía: el pánico.

Afortunadamente la tripulación trabajaba incansablemente. Se arrojó la pólvora al mar para evitar una explisión, pero a pesar de que se había abierto un nuevo agujero para meter más agua, el fuego se extendía y tomaba incremento.

Felipe dispuso que las mujeres y los niños fueran trasladados al alcázar de popa, aconsejando a los maridos que los acompañasen. Las escenas eran desgarradoras.

Los militares substituyeron a los marineros, que se encontraban agotados, pero sus esfuerzos fueron inútiles. Las cubiertas de la escotilla saltaron de pronto y una inmensa llama se elevó hasta la altura del palo mayor. Todos abandonaron el trabajo y huyeron.

No había tiempo que perder. Se arriaron los botes, mientras muchos infelices perecían asfixiados por el humo y se botó una almadía. El palo mayor cayó estruendosamente y las mujeres y los niños fueron trasladados a la almadía, sin que hubiera que lamentar más desgracias.

No pasó lo mismo con los militares, pues muchos de ellos, por el pánico, cayeron al agua y se ahogaron.

Barentz, por indicación de Felipe, se colocó, armado con dos pistolas en la puerta de la despensa para evitar que nadie se embriagara con el aguardiente que en ella se guardaba.

Por todas partes se escuchaban gritos angustiosos, las llamas rodeaban a grupos enteros y de ochenta soldados que quedaban a bordo cuando comenzó a arder la cubierta, apenas quedaban quince.

Se cortó el cabo que unía la almadía con el *Vrow*, cuando ya estaba llena de gente y Felipe dispuso inmediatamente los lugares que debía ocupar cada uno, lo mismo que los botes que remolcaban la balsa. El buque era ya una inmensa pira.

Felipe buscaba ansiosamente tierra con la mirada, pero no distinguía nada a causa de la bruma.

Comprendía que era necesario ganar la costa antes que el día expirase, para evitar que las mujeres y los niños perecieran por falta de alimentos, y a causa de que la almadía iba muy cargada y podía embarcar mucha agua. Felipe estaba desesperado.

—¡Tierra a proa! —gritó de pronto Krantz que iba en el primer bote.

Todos prorrumpieron en exclamaciones de alegría. Felipe se puso en pie sobre los banquillos de proa de su bote para inspeccionar la tierra, que sólo distaba unas cinco millas. Sin embargo la pesadez de la balsa dificultaba la marcha.

A medio día sólo les separaban de la costa unas tres millas, pero al pasar el sol por el meridiano cambió el tiempo y aumentó la marejada. A las tres de la tarde no habían avanzado ni media milla y los remeros, en ayunas, manifestaban ya señales de agotamiento. Los botes apenas podían tirar ya de la pesada balsa. Felipe los animaba, pero vio que algunos de ellos hablaban en voz baja de cortar las cuerdas con las que arrastraban la almadía, para poder salvarse ellos al menos.

La violencia de las olas iba destruyendo cada vez más la almadía, hasta el punto de que un nuevo peligro se abatió de pronto sobre ella: las ligaduras que la unían se partieron y quedó dividida en dos partes, separando a maridos de sus mujeres y a madres de sus hijos. Escenas desgarradoras se produjeron ante la nueva desgracia. No tardó en llegar el desenlace final. La almadía se hundió, desencuadernada y todos los que iban en ella murieron. No se salvó nadie.

Felipe estaba anonadado y durante algún tiempo apenas pudo dar orden alguna.

Eran las cinco de la tarde. Los botes, libres del peso de la almadía, bogaron hasta la costa y sus tripulantes desembarcaron en una playa de fina arena, donde cayeron exhaustos y a pesar de su hambre se quedaron amodorrados.

Cuando despertaron tenían una sed espantosa, pero en aquella playa desierta no había otra agua que no fuera la salada del mar. Pronto encontraron unas plantas arbustáceas que estaban cubiertas de rocío, que lamieron e incluso comieron aunque tenían un sabor acre.

Se encontraban a cincuenta millas del Cabo y carecían de velas, pero a pesar de ello se embarcaron de nuevo en los botes, armaron los remos y se emprendió la navegación. Tan cansados estaban que bogaban mecánicamente. Al romper el día pasaron frente a False Bay, y aun les quedaban cinco millas que recorrer. Realizaron el último esfuerzo y antes de mediodía llegaban a la ciudad del Cabo. Desembarcaron junto a un arroyelo y todos se arrojaron a él, bebiendo ansiosamente.

Luego se dirigieron a las casas de la factoría. Los colonos salieron a recibirlos comprendiendo que eran náufragos. Pronto circuló la noticia de la catástrofe. De trescientas personas que habían constituido el pasaje y los tripulantes apenas quedaban treinta y seis. Los colones les dieron comida.

—Me parece reconocer a usted —dijo uno de los colonos a Felipe—. ¿Estuvo usted aquí antes?

—Sí.

—Ya recuerdo. Usted fue el único que se salvó del *Ter Schilling*.

—No. Hubo un piloto tuerto llamado Schriften.

—No, señor. Sólo usted se salvó.

—Schriften llegó a Holanda. Yo lo he visto con mis propios ojos.

—¡Imposible! Lo creo puesto que usted lo afirma. Tal vez haya hecho señales a algún buque y éste lo haya recogido, pero la verdad es que no tengo noticia alguna de ello.

Esta noticia dejó a Felipe absorto. Dos meses después, durante los cuales fueron alimentados por los colonos, arribó un barco, un pequeño brick que recogió a los náufragos, excepto al capitán Barentz, el cual se negó diciendo que su único amor había sido el *Vrow*, y que por tanto quería quedarse allí, y convertirse en colono.

Felipe le prometió enviarle su pequeña fortuna, y se despidió de él.

Capítulo VIII

Volvamos a Amina, que en Terneuse esperaba siempre a su marido, dudando entre la certidumbre de que volvería a verlo y la inseguridad de que quizá no regresase.

El padre Matías continuaba viviendo en la casa, pues creía que permaneciendo al lado de Amina pagaba la deuda que tenía contraída con Felipe. Sin embargo, a la muchacha cada vez le inspiraban sus pláticas mayor aversión, así que la mayor parte de las veces escuchaba sin atenderlas las exhortaciones que le hacían tanto el padre Matías como el párroco Leysen.

Recordaba que su madre había poseído conocimientos superiores que le permitían relacionarse con los espíritus infernales. La había visto con frecuencia practicar su arte, pero no lograba recordar las preparaciones místicas de que se valía para sus encantamientos. Así que los argumentos de los dos pastores de la fe caían como en saco roto en su espíritu.

"Cuánto daría ahora por tener el poder de mi madre —suspiraba a veces—. De esa manera podría saber dónde está Felipe ahora. ¡Quién poseyera el espejo negro en el que ella leía! Recuerdo cómo cuando mi padre estaba fuera ella me hacía mirar en ese espejo y veía los palmerales, los campamentos de los beduinos, los caballos que galopaban... ¡Madre mía, ven en mi ayuda! Revélame el secreto, aunque sea en un sueño. ¡La palabra! ¿Cual era la palabra? ¿Cómo se llama el espíritu? ¿Turshoou? Sí, ese creo que era su nombre... ¡Madre, ayuda a tu hija!"

—¿Invocas a la Virgen María? —preguntó el padre Matías que había escuchado sus últimas palabras.

—Invocaba a mi propia madre que está en el reino de los espíritus.

—Pero no en la mansión de los bienaventurados, ya que era una infiel.

—¿Como la habría castigado Dios por seguir la fe de sus padres? ¿Viviendo en un país en el que no se conocía otra religión? —adujo Amina fuera de sí—. ¿Cómo se la podría hacer responsable de ignorar una religión que nadie le enseñó jamás?

El padre Matías, admirado y escandalizado al mismo tiempo, la dejó. Amina se retiró a su aposento, tratando de encontrar la segunda palabra del encantamiento, pero resultaron inútiles cuantos esfuerzos hizo en este sentido. Encendió un braserillo, y el humo que salía de éste turbó sus ojos. De pronto, una figura se alzó ante ella. Primero creyó que el encantamiento había producido su efecto, pero luego vio que se trataba del padre Matías que la miraba severamente.

—¿Qué haces, desgraciada? —preguntó.

La extraña conducta de Amina y sus palabras, habían despertado las sospechas de ambos sacerdotes, y el humo que escapaba por las ranuras de la puerta alertaron al misionero portugués.

—No hago ningún mal —respondió ella con naturalidad—, y no me parece bien que entre usted a estas horas en la habitación de una mujer en ausencia de su esposo.

—Mi edad y mi profesión...

—A veces se cuentan historias acerca de que los frailes y los sacerdotes no son tan piadosos —respondió Amina—. ¿Por qué ha entrado en mi cuarto?

—Para convencerme de que practicas la hechicería.

—¿Está acaso prohibida la medicina? Es pecado auxiliar a los que sufren? ¿Calmar los dolores de los que los padecen?

—Pero, ¿es que hacías medicina?

—Bucaba un medicamento compuesto de hierbas —repuso Amina, sabiendo que una denuncia por parte de alguno de los curas podía dar con ella en la inquisición.

—Mire esas cenizas mezcladas con aceite. Son para los miembros heridos y doloridos. No comprendo que una persona como usted pueda creer que es malo quemar hierbas secas, ni que eso haya motivado su visita intempestiva, a la cual no tiene derecho alguno. Tal vez fuera otra cosa lo que usted deseaba ver —añadió maliciosamente.

El padre Matías salió inmediatamente de la habitación, diciendo que nadie podría creer que sus intenciones no fueras puras.

—Tal vez —respondió Amina cuando él se hubo marchado. —Pero eres un importuno y me estás molestando en mi misma casa. No quiero que nadie me espíe.

Llamó a su criada y le dijo que el padre Matías había intentado meterse en su cuarto, para que la criada le sirviera de testigo. El padre Matías lo oyó y a la mañana siguiente fue a ver al párroco, y le contó lo sucedido.

—No debió entrar usted en la alcoba de una mujer, sin ser invitado.

—Juro que mis intenciones eran honradas...

—Indudablemente, pero con ello no evitará las sospechas.

Y como la criada contó en todas partes lo sucedido, el misionero se vio obligado a marcharse a Lisboa, ofendido con Amina y lamentando perder un alojamiento que no les costaba nada y en el cual estaba muy bien comido y servido.

* * *

Sano de cuerpo, pero enfermo de espíritu, desembarcó Felipe en Amsterdam, desde donde prosiguió su viaje a Terneuse, encontrando a Amina sana y encantadora. Los directores de la Compañía

quedaron muy satisfechos de su comportamiento, avalado por los demás supervivientes y le nombraron capitán de un barco que debía salir para la India, en la primavera. Felipe compró en propiedad la tercera parte del buque, con los fondos que tenía en la Compañía.

Amina refirió a su esposo lo ocurrido con el padre Matías, y el pretexto de que se había valido para echarlo de la casa.

—Y, ¿practicabas realmente los sortilegios de tu madre?

—Intentaba recordarlos cuando fui interrumpida por ese viejo importuno.

—No vuelvas hacerlo, Amina. El buen sacerdote hacía bien en prohibírtelo. Prométeme que no lo intentarás de nuevo.

—Si mis hechicerías no son buenas, menos será el empeño en que tú andas metido y al que llamas tu deber. ¿No te relacionas con los espíritus? ¿Qué hay de malo en que yo los invoque? Abandona tu misión y abandonaré mis encantamientos.

—Yo obro por mandato de Dios.

—¿Y El te permite relacionarte con espíritus?

—Sin duda.

—Pues entonces, ¿por qué habría de prohibírmelos a mí? El padre Matías afirma que no se mueve ni una hoja sin el permiso divino. Pero, está bien. Mientras permanezca a tu lado no renovaré mis tentativas, pero si vuelves a dejarme sola, preguntaré a lo invisible donde te encuentras tú, que también buscas lo mismo.

El invierno fue tranquilo, pero llegó la

primavera y con ella la llamada de la Compañía para que se hiciera cargo del *Utrecht*.

Este era un navio de 400 toneladas, nuevo, y que montaba veinticuatro cañones. El segundo de a bordo no era otro que el tercer oficial de *Vrow*, es decir, Krantz, lo cual alegró mucho a Felipe. Se preparó para Amina una magnífica cámara, ya que como esposa del capitán podía acompañarlo en su viaje si quería.

Diéronse a la vela en el mes de mayo, con órdenes de detenerse en Gambron y en Ceilán, atravesar el estrecho de Sumatra y dirigirse al mar de la China, en donde quizá tendrían problemas con los portugueses.

Atravesaron el canal de la Mancha y continuaron con buen viento hasta que cuando faltaba poco para llevar al Cabo, les sorprendió la calma. Amina estaba encantada y todas las noches pasaba un buen rato en la cubierta con Felipe, admirando las estrellas, ya que como ella decía, todos los árabes son admiradores de ellas, porque predicen los destinos humanos.

Un amanecer el vigía anunció desde la cofa que había un objeto flotando en la superficie tranquila del mar. Krantz que estaba de guardia miró por el catalejo y advirtió que se trataba de un bote, y Felipe dispuso que una chalupa fuera a recogerlo y llevarlo a bordo.

Volvieron y anunciaron que habían encontrado a un hombre que yacía en el fondo del bote, pero no sabían si estaba vivo o muerto.

Pero cuando, ayudados por el médico del barco,

subieron el cuerpo a tierra, se maravillaron al ver que el hombre se levantaba de un salto. Declaró que pertenecía a la tripulación de un buque naufragado por una ráfaga y que apenas había tenido tiempo de saltar al bote para salvarse. Al verle el rostro, Felipe lanzó un grito.

!Aquel hombre era su antiguo conocido Schriften!

—Vaya, señor Vanderdecken, me alegro de verlo, y de que haya ascendido a capitán.

Un sudor frío perló la frente de Felipe, el cual se retiró a su cámara, a donde lo siguió Amina al instante.

—Valor, esposo mío, valor.

—¿Por qué has de sufrir tú los rigores de mi suerte? Ese hombre es funesto.

—Mi deber es compartir contigo tu destino. Si tú mueres, yo también moriré, y si es necesario, por mi propia mano. Y no me digas que eso es pecado, porque nací sin pedirlo y no veo por qué no haya de morir sin tampoco pedir permiso.

—Lo desembarcaré en El Cabo. Su presencia me es insoportable.

—No puedes hacerlo. Es un oficial de la Compañía y tu deber es enviarlo a Holanda en un barco de la misma.

—Tú no has visto cómo intentó sublevar a mi tripulación contra mí, ni intentar robarme mi amuleto.

—Y ojalá lo hubiera conseguido, ya que entonces no tendrías necesidad de cumplir tu promesa. Escucha, Felipe, trátalo con dulzura, y, ¿quién sabe si podremos convertirlo en amigo?

—Seguiré tus consejos. Procuraré que le den lo necesario.

A la mañana siguiente llamó a Shriften y en presencia de Amina le preguntó si necesitaba alguna cosa.

—Sólo reponerme un poco.

—Pobre hombre —dijo Amina—. Debe haber sufrido mucho.

—Hemos sufrido mucho ambos, Schriften —dijo Felipe haciendo un esfuerzo sobre sí mismo—. ¿Qué prefiere? ¿Desembarcar en El Cabo y volver a Holanda en un barco o continuar conmigo como piloto y participar de mi suerte?

—Prefiero acompañarlo. Me gusta estar a su lado.

—Como guste.

—Yo me encargaré de hacerle olvidar en lo posible sus sufrimientos —añadió Amina fingidamente.

—Gracias, es usted muy buena, señora. ¡Qué lástima! Tan bella y sin embargo... es inevitable.

Y salió de la cámara.

—Estoy convencida de que ese hombre es un ser sobrenatural —dijo ella desfallecida a Felipe—. Es preciso pues que lo convirtamos en amigo. Si pueden aborrecer, también pueden amar.

El *Utrecht* llegó por fin al Cabo, hizo acopio de provisiones y agua y siguió su viaje. Durante todo ese tiempo Amina hizo lo posible por atraerse el aprecio de Schriften. Hablaba con él frecuentemente, y hasta logró vencer la repugnancia que le inspiraba el piloto. El piloto, por su parte, parecía gustar de su compañía e incluso trataba afablemente algunas veces a Felipe, aunque siempre le hablaba con frases de doble intención. Una mañana le dijo:

—¿Ve usted, señora, ese barco? Parte para Holanda. Siga el consejo de alguien que la quiere y regrese a Holanda en él. Espere allí a su marido. Con ello se evitará grandes peligros y acaso hasta la muerte.

—¿Acaso ve usted el porvenir?

—Tal vez.

—En ese caso usted no es humano.

—No importa quien sea. Le pronostico un porvenir sombrío.

—Lo arrostraré. Escuche, Schriften, el destino de usted y el de Felipe, ¿están unidos de alguna manera? Porque usted sabe cosas de Felipe que nadie sabía.

—Eso no prueba nada —respondió el otro burlonamente—. También sé por ejemplo que consultó su caso con unos sacerdotes.

—¿Lo ve? Sus palabras lo demuestran. Dígame, la misión de mi marido, ¿no es acaso santa y buena?

—Lo es.

—Entonces, ¿por qué es usted enemigo suyo?

—No lo soy.

—Pero usted quiso apoderarse de una reliquia que lleva al cuello.

—Por razones que no puedo revelar, pero eso no es prueba que me inspire aversión. Sin ésa reliquia viviría con usted tranquilamente en Terneuse. Luego hubiera hecho un favor a ambos si se la hubiese robado.

Amina estaba pensativa.

—Señora —continuó el piloto seriamente—, si

quiere usted vivir tranquila, rodeada de su esposo y de sus hijos, haga que Felipe me entregue esa reliquia. Porque si continúa en su poder, le esperan penalidades sin cuento, y por último las ondas recibirán su cuerpo. Piense en ello, señora.

Amina le refirió a su marido lo que le había dicho el piloto y añadió:

—Jamás te quitaré la reliquia, Felipe, pero debes dármela.

—¿Y mi pobre padre, no piensas en él? Ese hombre te ha convencido, ya lo veo. No puedo aceptarlo. ¿Me vas a odiar por ello?

—¡Jamás! Te pertenezco en cuerpo y alma, y sólo por ti me preocupo. No quise seguir su consejo de volver a Holanda, y no lo seguiré. A tu lado estaré siempre.

Vanderdecken la besó. Al día siguiente el piloto le preguntó a Amina si había pensado en lo que le dijo.

—No es posible. No obstante, le agradezco su interés.

—La admiro y la compadezco por ello.

Y se alejó, dejando a la muchacha pensativa.

El *Utrecht* tocó en Ceilán y prosiguió su viaje por los mares de Oriente. Schriften desde la última conversación permanecía silencioso y retirado, pero al menos no intentó sublevar a la tripulación contra su capitán. El buque llegó a las islas Andamán y el segundo, Krantz, mirando el barómetro anunció que se aproximaba un tifón.

—Hay que aliviar la arboladura —dijo Felipe—. Disponga que arríen los juanetes y sobrejuanetes. Después se calarán los masteleros.

La mar parecía tranquila, pero el lejano rumor del viento anunciaba que la tormenta se aproximaba. En el horizonte, una niebla blanquecina iba espesándose cada vez más.

Todos los objetos pesados fueron trasladados a la bodega y los cañones fuertemente amarrados. Sobrevino entonces la primera ráfaga de viento. El tifón llegó, barriéndolo todo a su paso. Inmensas olas se elevaban a enorme altura y al buque le fue muy penoso defenderse hasta que la borrasca hubo pasado, sembrando en su camino la destrucción.

—Todo ha concluido —dijo Krantz, el tifón se aleja.

—Pero falta lo peor —dijo una voz al lado de los dos oficiales.

Era Schriften.

—¡Un buque a babor, corriendo el temporal! —gritó Krantz de pronto.

Felipe miró en la dirección que le señalaba y a través de la bruma vio un barco que a toda vela se aproximaba a ellos.

—Una embarcación grande —dijo—. Tráiganme el catalejo.

Pero antes de que pudiera hacer uso del instrumento, la niebla se había tragado el barco.

—¡Vigilad bien! —gritó Felipe.

Volvió a soplar el tifón, aumentando la obscuridad hasta que apenas se veía a unos metros de distancia. El vendaval destrozó las velas de estay cuyos girones azotaron las vergas. Aclaró un poco y la voz del vigía anunció un barco muy cerca por la amura de babor.

Krantz y Felipe vieron una gran fragata que venía recta hacia el *Utrecht,* del que sólo le separaba una distancia de tres cables.

—¡Cierra timón a la banda! ¡Nos va a abordar! —aulló Felipe.

Hízose la maniobra, pero el barco, perdidos los foques, no maniobraba.

—¡Ah, del barco! —rugió Felipe con la bocina, pero el otro no varió su rumbo, y estaba ya a menos de un tiro de pistola.

Todos los marineros gritaron a su vez, pero al parecer tampoco fueron oídos. La fragata se precipitaba sobre ellos y solo distaba ya su tajamar unos ocho metros del *Utrecht.* La tripulación de éste, creyendo ya inminente el choque y el naufragio consiguiente, se asió a los cabos del bauprés, mientras Amina, alarmada por los gritos subió a cubierta para unirse a su marido.

—No te separes de mí —le dijo Felipe.

No pudo decir ni una sola palabra más. El tajamar de la fragata tocó en aquellos momentos el costado del Utrecht y todos los marineros despavoridos, se prepararon para asirse a la jarcia del bauprés del barco desconocido, pero... ¡solo encontraron el vacío, la nada! No hubo choque. La fragata pareció atravesar el casco del Utrecht en silencio, sin fracturar tablones, sin derribar los mástiles, y lenta, suavemente, como si aserrara con su proa el costado del otro barco, avanzó.

—¡Amina! —gritó Felipe—. ¡El *Buque Fantasma!* ¡El barco de mi padre!

La tripulación del Utrecht, sobrecogida de espanto, huyó en todas direcciones, impetrando el auxilio divino. Amina, que parecía más tranquila que todos, observó con calma cómo se deslizaba el *Buque Fantasma,* vio a sus marineros apoyados negligentemente sobre el filarete, cual si se burlaran del daño que acababan de ocasionar, y en la popa, con la bocina bajo el brazo, a un hombre que era la viva imagen de Felipe: su misma estatura, las mismas facciones y en apariencia hasta su misma edad. Era indudable que tenía ante sus ojos al desdichado Wilhlm Vanderdecken.

—¡Felipe, mira a tu padre! —exclamó.

—¡Dios mío, sí, es él!

Y dicho esto cayó desmayado sobre cubierta.

Mientras tanto, el Buque Fantasma había atravesado al *Utrecht.* El capitán fantasma desapareció.

Al volver la cabeza, Amina vio al piloto Schriften, con los puños cerrados y en actitud de desafío a aquel ser sobrenatural. El *Buque Fantasma* desapareció en la bruma y Amina comprendió la situación de su marido, que permanecía insensible.

Como nadie parecía poder moverse, ella hizo señas a Schriften y entre ambos trasladaron a Felipe a la cámara y lo tendieron en el lecho.

Capítulo IX

—¿Lo has visto? —preguntó Felipe exaltadamente—. ¡Al fin he visto a mi padre! Ahora ya no podrás dudar.

—No, pero también debes revestirte de todo tu valor. Aún tendremos que sufrir muchas penalidades antes de que puedas cumplir tu misión, si es que llegas a cumplirla. Pero por el momento, debes ir a tranquilizar a los marineros, a los que esta visión ha debido asustar mucho.

En efecto, la marinería estaba soliviantada y el mismo Krantz parecía aterrado.

—Temo capitán que no volvamos a ver puerto. Y todos a bordo creen lo mismo.

—Cálmese, Krantz. —Y dirigiéndose a los marineros les explicó que podría ocurrirles alguna desgracia, pero que él ya había visto dos veces al *Volador Holandés* y aún estaba vivo. Luego ordenó que subiesen aguardiente, lo cual pareció elevar un poco los ánimos.

Los vientos favorables duraron varios días, y el pánico fue cediendo. Atravesaron el estrecho de

Malaca y penetraron en la Polinesia. Tenían que tocar en la pequeña isla de Boton, para hacer provisión de víveres y recibir órdenes.

Llegaron a la citada isla, posesión holandesa y a los dos días volvieron a hacerse a la mar. Luego volvió la calma y el buque comenzó a ser arrastrado por la corriente. Una noche fondearon en un pequeño islote para pernoctar allí. Llovía y la obscuridad era absoluta. Se colocaron centinelas por temor a los piratas, que sabían infestaban aquellas islas.

A las doce despertó a Felipe un fuerte golpe. Subió a cubierta y encontró a Krantz allí. Poco después se reprodujo el choque y ambos comprendieron que el buque acababa de encallar, ya que comenzó a escorar. La obscuridad les impedía saber dónde estaban, pero la sonda les indicó que tenían debajo un banco de arena, con solo doce pies de agua.

Era imposible reparar la avería hasta que amaneciera. En efecto, habían encallado en un banco de arena. Cerca se veía un grupo de islas llenas de cocoteros y sin señal alguna de habitantes.

—Estamos perdidos —dijo Krantz—. El ancla no agarrará y la corriente nos empuja más hacia el banco.

La marinería opinaba lo mismo y parecía descorazonada, diciendo que ya sabían ellos que estaban condenados desde que vieran al Holandés Volador.

—Dije que el buque podría perderse, pero no la tripulación —dijo Felipe firmemente—. La mar está tranquila. Construiremos una recia almadía y la tierra sólo dista tres millas. Vamos, a la faena.

El casco del buque se iba llenando de agua, probablemente por alguna cuaderna rota, pero pronto tuvieron una fuerte almadía, dispuesta para que pudiera dividirse en dos, con objeto de que los botes no tuvieran que arrastrar tanto peso.

A las nueve de la mañana, terminada la almadía, se llenó con todo lo necesario. Se preparó un sitio seguro y abrigado para Amina, y no se olvidaron las armas y las municiones, lo mismo que las vituallas y el agua. Todo dispuesto, los marineros dijeron a Felipe que sería una tontería perder el dinero que había en la bodega, y Felipe accedió, pero advirtiendo que ese dinero pertenecía a la Compañía y que debería ser reintegrado una vez llegasen a tierra civilizada.

Así que cada uno cogió todo el dinero que pudo, y se embarcaron en los botes y en la balsa. Felipe y Krantz iban en la almadía, para poder decidir el rumbo según vieran el sentido de la corriente. No corrían el peligro de que los tripulantes de los botes cortaran las amarras para huir ellos solos porque Felipe habían tenido la precaución de no dejarles llevar víveres.

Pero al día siguiente, y según iban bordeando para seguir la corriente y aproximarse a una de las islas, divisaron a lo lejos a un praho malayo, lleno de hombres que no podían ser otra cosa que piratas, y que avanzaba velozmente hacia ellos. Se distribuyeron las armas para rechazar un ataque. Tan pronto como los piratas estuvieron a tiro, abrieron fuego con un pequeño cañón, cuya metralla hirió a varios de los náufragos. Krantz decidió atacar al praho con los botes, como mejor defensa y, montando en uno de los esquifes, se lanzó valientemente al combate. Pero apenas habían comenzado la operación, cuando los botes, como si se hubiesen puesto de acuerdo, viraron y se dirigieron rápidamente en dirección opuesta. Krantz esgrimía furiosamente su espada, pero en vista de la imposibilidad de obligar a los marineros, se echó al agua y volvió a la almadía. Era evidente que aquellos cobardes, estando en posesión de parte del dinero habían apelado a la fuga para salvarse ellos y el oro.

—No hay peligro —dijo de pronto Schriften—. Los piratas no nos van a atacar a nosotros.

En efecto, los piratas, pensando que los objetos de valor irían en los botes, comenzaron a darles caza.

A la mañana siguiente colocaron una vela en la almadía. Los botes habían sido alcanzados por el praho y ninguno de aquellos prófugos escapó con vida. Afortunadamente los piratas parecieron contentarse con aquella presa y se alejaron. Ese fue el castigo de los cobardes.

Durante tres días reinó una calma completa, y el sol abrasaba a los ocupantes de la balsa. Luego llegó una brisa fresca que durante el día les aproximaba a la costa, pero por la noche la corriente los devolvía hacia alta mar, así que lo que ganaban por una parte lo perdían por otra. Los tripulantes, desesperados, pidieron dividir la balsa en dos, pero los dos oficiales se opusieron. Amina soportaba todo con gran valor y Schriften se portaba bien, aunque sólo hablaba con la muchacha.

Por último, y para aligerar, se echaron al agua

todos los objetos de peso, menos el dinero, que estaba como ya dijimos repartido también entre los marineros de la almadía.

Cierta noche, cuando Felipe, agotado, se rendía al sueño, oyó gritar a su segundo. Cuando despertó todos los marineros estaban en un lado de la balsa y Krantz luchaba con ellos. Pero no le sirvió de nada. Los amotinados cortaron las cuerdas que sujetaban a la balsa, y esta se dividió en dos partes. Ante el terror de Felipe, éste vio cómo la otra parte de la almadía sólo quedaba Amina y las dos partes se iban separando lentamente.

Felipe, al ver que la distancia era cada vez mayor y que de nada valían sus esfuerzos, perdió el conocimiento.

Cuando lo recobró, vio a Krantz que estaba arrodillado a su lado.

—Valor, amigo, hoy podremos llegar a la costa y saldremos enseguida en busca de su esposa.

—Krantz, ¿cuántos marineros nos permanecen fieles?

—La mitad, aproximadamente. Solamente los soldados y algunos marinos son los que se han amotinado.

—Creo —dijo Felipe sombríamente—, que he encontrado la manera de vengarme. Dígales que vengan a los que aún permanecen con nosotros.

Una vez reunidos, Felipe les habló diciéndoles que el oro que llevaban sería para ellos y que no se les formaría juicio por amotinarse, si ayudaban a sus dos oficiales. Los marinos aceptaron, diciendo que si aquella noche no llegaban a la costa, arrojarían al mar a los amotinados.

Cayó la noche y cada grupo esperaba, con los cuchillos preparados para asesinarse mutuamente. Poco después comenzó la batalla. Dirigidos por Felipe y por Krantz, parte de la tripulación se lanzó sobre la otra en una lucha sin cuartel, dominados todos ellos por el afán del oro.

La escena duró poco. Sólo Schriften no tomó parte en ella, dirigiendo el timón y sonriendo torcidamente.

—Terminó el combate —dijo Felipe limpiándose el sudor—. Amina está vengada.

Mientras, los marineros ganadores, se repartían el oro de los vencidos y cada uno de ellos cargaba un saco de oro. A bordo de la balsa sólo quedaban trece hombres.

No obstante, Felipe se dio cuenta de que Shriften volvía a mirarle con antipatía y no había hablado con nadie desde que desapareció Amina.

Esa misma noche, Felipe, mientras dormía, sintió que algo le tocaba. Abrió los ojos y vio a Schriften inclinado sobre él y tratando de quitarle la reliquia del cuello. Felipe alargó el brazo, y agarró a Schriften por el cuello. La lucha fue breve. Pocos instantes después Felipe tenía una rodilla apoyada en el pecho del piloto.

—¡Hombre o diablo, quien quiera que seas, sálvate si tienes poder para ello! —le gritó.

Y alzándole en vilo, lo arrojó al mar. Luego se inclinó para ver si salía a flote pero no logró verlo. Quizá ahora sí se habría ahogado. Explicó a Krantz y a los tripulantes lo que había ocurrido, y luego se tranquilizó un tanto.

* * *

Cuando Amina se vio separada de su marido, sumióse en un estado de casi total estupor. Luego cayó sin conocimiento y cuando lo recobró estaba casi en el borde de la balsa. El sol la abrasaba y ofuscaba su vista. Llamó a su marido cientos de veces, pero nadie le respondía como es natural. Los sollozos la ahogaban. Sintió sed y bebió unos tragos de agua, aunque pensando que no valía la pena ni comer ni beber, ya que estaba decidida a no sobrevivir a su adorado Felipe.

Durante algunos días vivió en un estado de casi completa estupefacción y sólo le consolaba saber que cuando lo quisiera podría quitarse la vida con su propia mano ya que tenía una daga.

Al tercer día llegó una espantosa tormenta, y pidió a los rayos que la destruyeran, mientras la lluvia la empapaba. El delirio de la fiebre le hacía ver cosas extrañas, espejismos en los que Felipe, en un lugar paradisíaco lleno de árboles y flores, le abría los brazos, para encontrarse después con que todo había sido producto de su imaginación, lo cual le hacía caer en un embrutecimiento casi animal. Pero siempre pensaba que como último recurso podría cortarse la garganta con la daga.

* * *

Al poco tiempo de haber lanzado Felipe al mar a Schriften, la balsa llegó a una isla llena de cocoteros. Desembarcaron en una playa. Felipe no pensaba más que en Amina pero los marineros sólo en su oro, de modo que ninguno de ellos quiso ayudar en la labor de desembarcar los pertrechos.

—¡Perdida para siempre! —repetía Felipe una y otra vez, mientras Krantz trataba de consolarlo, inútilmente, pese a decirle que tal vez hubiera sido una suerte que la joven no se encontrase allí, en medio de aquella partida de desalmados que sólo tenían ojos y oídos para los sacos de dinero.

—Construyamos una balsa pequeña para hacernos al mar —dijo Felipe por fin—. ¿Es que no quiere usted ayudarme a encontrar a mi esposa?

—Naturalmente que sí. Podemos hacer la balsa, y la haremos, pero por el momento debemos desembarcar lo que nos resta de la almadía. Mírelos, cada uno de ellos vigila su oro por miedo a que los demás puedan robárselo, y ni siquiera nos ayudarán.

En efecto, el demonio de la avaricia se había apoderado de ellos y desconfiaban hasta de aquellos que poco antes habían sido sus amigos. Felipe y Krantz desembarcaron las herramientas de carpintería, las armas y las municiones, cuya posesión les sería utilísima en caso de una refriega con los marineros, y colocaron todos estos objetos bajo la vela, junto al tronco de un cocotero.

Unicamente las municiones, para evitar que los amotinados pudieran apoderarse de ellas, fueron enterradas en la arena, y excepto unas cuantas armas para ellos, las demás fueron lanzadas al agua.

Luego Krantz cortó un coco y bebieron el jugo del fruto y comieron su carne.

Los marineros les miraban hacer, hambrientos y sedientos, pero ninguno de ellos quería separarse de su oro ni siquiera para comer.

Llegada la noche, Felipe se echó a dormir, y Krantz hizo un recorrido por la isla en busca de agua.

La isla tendría unas tres millas de longitud por media milla de anchura y no tenía arroyos ni corriente de agua alguna.

Luego se echó junto a Felipe, tras haber visto como los marineros, macilentos, no se atrevían ni siquiera a cerrar los ojos, velando su oro como buitres.

En la mañana, desayunaron con los frutos de los cocoteros, que también apagaban su sed. Los marineros seguían, medio muertos de hambre y sed, junto a sus sacos de dinero. Era un espectáculo tan triste, que Krantz les ofreció una solución: enterrar cada uno de ellos su oro en un agujero y de esta manera podrían al menos alimentarse. Si alguno intentaba desenterrar el de los demás, los otros lo verían y podrían impedírselo.

Así lo hicieron y por fin pudieron apagar su hambre y su sed. Pero tan pronto como hubieron repuesto sus fuerzas, volvieron a su lugar, sobre la capa de tierra que cubría sus talegos.

Krantz y Felipe comenzaron la construcción de la almadía, pero siendo los dos solos, el trabajo abanzaba muy lentamente. Pensaban construir una pequeña balsa con un tonel en cada uno de los ángulos, para darle mayor flotabilidad. Navegaría a la vela y estaría dotada de condiciones que le permitieran dirigir su rumbo.

Mientras tanto, los marineros, no contentos con el oro que ya tenían, habían comenzado a desear el de los demás. Desenterraron una pequeña cantidad de oro cada uno y comenzaron a jugar. También se les ocurrió otra idea que les resultó fatal. Haciendo incisiones en los troncos de los cocoteros y extrajeron de ellos *toddy* una bebida embriagadora.

A partir de entonces comenzaron las escenas de violencia, acompañadas de juramentos y atroces imprecaciones. Los que perdían se mesaban el cabello, y se liaban a golpes con los ganadores, aunque el resto los separaba para que el juego pudiera continuar.

De este modo transcurrieron quince días, durante los cuales no avanzó gran cosa la construcción de la almadía. Algunos de los marineros habían perdido ya toda su fortuna, y vagaban desesperados por la isla, buscando armas para vengarse de los gananciosos. Krantz y Felipe les propusieron que les ayudaran para poder salir de la isla, pero rehusaron.

Los arruinados iban siendo cada vez más numerosos, quedando reducidos a tres los afortunados que consiguieron apoderarse del dinero del resto. La consecuencia fue que esos tres aparecieron una mañana estrangulados sobre la costa. Su oro fue repartido de nuevo y el juego prosiguió.

—¿Cómo terminará esto? —se preguntaba Felipe.

—Con la muerte de todos —respondió Krantz fríamente.

La almadía quedó terminada al fin. Cavaron la arena a su alrededor para que el agua la pusiera a flote y poco después se balanceaba sobre las olas, amarrada a una estaca para que no se alejara. Embarcaron en ella gran cantidad de cocos tiernos, dispuestos para hacerse a la mar al día siguiente.

Por desgracia, uno de los marineros, al bañarse, encontró las armas que los oficiales habían tirado al mar, y sacó un machete. Otros siguieron su ejemplo y a la media hora todos estaban armados. En vista de ello Krantz y Felipe durmieron en la almadía, turnándose. Esa misma noche, durante el juego, se suscitó una pelea que terminó en una matanza. Los marineros estaban embriagados y sólo tres de ellos quedaron con vida. Vanderdecken y Krantz contemplaron la carnicería, sobrecogidos, hasta que los tres supervivientes, heridos también, descansaron. Pero no tardaron dos de ellos en precipitarse sobre el tercero y acuchillarle.

—Esos no son hijos de Dios —dijo Felipe—. Son diablos encarnados.

—Sí, son demonios. Ni siquiera a esos dos que quedan se les ocurrirá repartirse el oro, ya que hay suficiente para que puedan vivir ricos durante toda su vida. No, cada uno de ellos lo quiere todo absolutamente para sí.

No había concluido de decir esto, cuando uno de los marineros clavó el machete en el costado del otro. Krantz levantó su fusil y disparó sobre el superviviente, con entera frialdad.

—No pude contenerme —le dijo a Felipe—. Confieso que hubiera sido mejor dejarle abandonado en la isla para que muriera de hambre y de sed. Creo que deberíamos enterrar el oro y ya volveremos alguna vez para recogerlo.

Así lo hicieron y después se embarcaron.

Antes de que el sol se pusiera habían desembarcado en una isla, para abastecerse. Luego prosiguieron su viaje. Durante él le pidió Krantz que le revelara su secreto, ya que le veía acariciar de vez en cuando la reliquia, pero Felipe se opuso, advirtiéndole que era algo tan terrible que no debía compartirlo con nadie. Pero Krantz le había dado tantas muestras de amistad ya, e insistió tanto, que por último no pudo negarse.

—Ya lo sabe usted todo —dijo cuando terminó— ¿Cree que lo que acaba de oir es un sueño o la realidad.

—Creo que es real —respondió su segundo—, pues tengo pruebas que confirman lo que me ha relatado. Y puesto que el *Volador Holandés* se ve obligado a viajar durante años y años, ¿qué más natural que sea su hijo el que intente liberarlo de tan triste suerte? En cierto modo le envidio, porque usted tiene una misión que cumplir.

—Mi esposa pensaba de la misma manera, aunque no lo expresaba de ese modo.

—Por otra parte, hay acontecimientos ocurridos en mi familia —prosiguió Krantz—, que me hacen pensar que lo que pretende Amina es lícito. Me refiero a lo de hablar con los espíritus, aunque esto se lo digo a usted en secreto, porque no me gustaría que me oyera la Inquisición.

—¿Es posible?

—Sí, y algún día quizá se lo cuente.

Al cuarto día vieron una vela que se dirigía hacia ellos. Esperaron, y la piragua no tardó en abordarlos. Su tripulación se componía de nativos bien armados con lanzas y espadas, pero no parecían hostiles. Por el contrario, les preguntaron en portugués quiénes eran y Felipe les respondió que marinos holandeses náufragos.

—En ese caso no tienen nada que temer, ya que somos enemigos de los portugueses. Somos de la isla de Ternate. ¿Son ustedes los únicos supervivientes?

—Sí. —dijo Felipe ansiosamente—. ¿No han visto ustedes una almadía con una mujer?

—Una mujer ha sido en efecto recogida en la isla de Tidor y conducida a la factoría portuguesa que hay allí.

—¡Gracias a Dios! —gritó Felipe. ¿Así que está en la isla de Tidor?

—Sí, pero no podemos llevarlos a ustedes allí, porque estamos en guerra con los portugueses, como ya les dije.

—La buscaremos nosotros.

El hombre que les hablaba parecía una persona de calidad. Vestía un traje musulmán y llevaba un alfanje en la cintura. Era cortés y afable.

—Vengan con nosotros a Ternate, y nuestro rey les recibirá bien, puesto que son holandeses. A bordo llevamos uno de sus compañeros de naufragio, que recogimos casi ahogado, pero que ya está casi repuesto.

—Sin duda será Schriften —dijo Felipe temblando de odio y espanto.

No se había equivocado. El piloto tuerto se dirigía a ellos. Les saludó irónicamente, aunque Felipe no le dirigió la palabra, mirándolo con aborrecimiento.

—Parece que nos volvemos a reunir siempre, ¿eh? —dijo el piloto.

Krantz y Felipe decidieron aceptar el ofrecimiento del indígena y poco después se dirigían a Ternate.

Capítulo X

Cuando Amina recobró el conocimiento, se encontró en una pequeña cabaña, cuidada por una joven negra de aspecto repulsivo, que espantaba las moscas junto a ella.

La tempestad y las corrientes la habían llevado a la costa de Nueva Guinea, donde los indígenas traficaban con algunos comerciantes de Tidor. Los salvajes la habían despojado de sus vestidos, dejándola completamente desnuda, pero una mujer anciana, que aparentaba gran autoridad sobre aquella gente, les ordenó que la dejaran tranquila, pensando que los portugueses pagarían un buen rescate por aquella joven.

Así pues, la metieron en la cabaña y la cuidaron mientras se ponía mejor de los padecimientos sufridos. Amina frecuentemente se adormecía, y tuvo algunas ensoñaciones extrañas. De una de ellas despertó muy alegre.

—Gracias, querida madre —dijo para sí—, porque al fin me has revelado el arte que me resultaba imposible recordar. Ya poseo por fin los medios para conversar con los espíritus y si no estuviera presa aquí, podría conocer la suerte que ha corrido mi esposo.

Durante dos meses permaneció allí. Cuando regresaron los comerciantes de Tidor tenían orden de llevar a la joven a la factoría y pagar por la hospitalidad que le habían ofrecido los salvajes. Embarcaron y el buque tardó dos días en llegar al puerto de destino, Amina fue conducida inmediatamente a la factoría portuguesa.

Allí despertó la curiosidad de todos, ya que se sabía cómo se había salvado. El comandante portugués la cumplimentó, aunque Amina no podía entender sus palabras por no conocer el idioma luso.

Buscaron un intérprete y Amina les explicó su historia, y aunque los portugueses eran en ese momento enemigos de los holandeses se alegraron del salvamento de una joven tan bella. Sobre todo el comandante, hombre pequeño y enjuto, la contemplaba con gran admiración, y le anunció que esperaba dentro de dos meses un buque que podría llevarla a Goa, en la India. Luego la instaló en una bonita vivienda y puso una indígena a su servicio.

Amina comprendió que había impresionado mucho al comandante y se habría reído a no ser por su triste condición y por no saber nada de su esposo. Contemplaba el mar esperando hallar en él la solución de sus pesares, y aguardando al barco que habría de poner fin a su destierro. Cuando apareció por fin el navío, el comandante portugués le declaró su pasión, su violento amor y le suplicó que se casara con él.

Amina, prudente le repuso que antes necesitaba cerciorarse de la muerte de su esposo, para lo cual era mejor que marchase a Goa, y desde allí le haría llegar la respuesta a su petición.

El comandante, que no dudaba de la muerte de Felipe, se declaró satisfecho y anunció que él mismo iría a Goa para desposarse con ella. Se despidieron, mientras Amina pensaba en que aquel necio no volvería a verla en la vida.

El barco fondeó en la bahía, y ante el inmenso asombro de Amina, una de las primeras personas que descendió de él fue el padre Matías. La sorpresa hizo retroceder a ambos, pero Amina le extendió la mano, que el otro estrechó con frialdad. Luego le dijo:

—Dios te bendiga y te perdone, como yo te he perdonado:

La joven, recordando su última entrevista, enrojeció y no se atrevió a responder. ¿La habría perdonado realmente aquel sacerdote? Lo pareció, al menos, ya que desde ese momento la trató como a una amiga, escuchó su historia y se prestó a acompañarla a Goa.

Pocos días después el buque abandonó la factoría, y Amina dejó de sufrir las pretensiones del comandante portugués. Durante la travesía supo que el padre Matías, que se había ido a Lisboa, había sentido en esa ciudad la necesidad de continuar sirviendo a Dios en países infieles y catequizando a indígenas, y había sido destinado a Formosa primero y luego a Goa, a donde ahora se dirigía.

—¿Rezas con frecuencia a la santísima Virgen? —le preguntó el anciano.

Amina no respondió, pensando hastiada que ya comenzaban de nuevo los sermones.

—Respóndeme, hija mía.

—Yo rezo y creo en el dios de todo el universo.

—Creer en todo es no creer en nada, hija mía. Veo con disgusto que sigues siendo hereje. Ten cuidado, desdichada criatura.

—Cada uno de estos pueblos tiene su religión, su fe y sus costumbres, padre Matías. Yo nací en un país lejano y mis padres me enseñaron su religión. ¿Cómo pretende que renuncie a ella? Tanto el padre Leysen como usted me han enseñado los preceptos del cristianismo, que son buenos, pero cuando se me exige una obediencia ciega, mi alma se rebela. Cuando lleguemos a Goa enséñeme usted de nuevo los misterios de su religión y si logra convencerme tendrá en mí una católica fervorosa. Entretanto, tenga usted paciencia.

El padre Matías no supo qué responder, pero se prometió vigilar cuidadosamente a aquella alma rebelde.

Y mientras, Amina recordaba aquel sueño que tuvo en Nueva Guinea, y en el cual su madre le había revelado sus artes mágicas y sólo deseaba llegar a Goa para ponerlas en práctica.

Durante una tormenta, Amina permaneció tranquila, mientras todos los demás se estremecían de terror, y el padre Matías lo observó y le dijo que debería entrar en el seno de la iglesia y ser bautizada por si acaso llegaba el último momento de todos.

—Padre, la tempestad no me asusta, y mi arrepentimiento no sería sincero, puesto que mi alma

debería para ello estar tranquila y no dominada por el temor. Cúmplase la voluntad de Dios, sea cualquiera que sea.

—Oraré por ti, hija mía, pero veo que continúas oponiéndote a mis llamamientos. ¿Es que no quieres reunirte con Felipe, si acaso él está ahora ya en el cielo?

—No tengo constancia de ello, padre, así que por favor dejemos el tema. Ruegue por mí y se lo agradeceré, pero no me pida otra cosa.

En ese momento apareció el capitán diciendo que estaban perdidos, pero Amina le respondió que no, y que abrigaba la convicción de que todos se salvarían. La tranquilidad de Amina y su convencimiento, fueron como un bálsamo para todos. Las bombas volvieron a funcionar para achicar el agua y la tempestad se calmó durante la noche.

Todos consideraron a Amina como una especie de santa, o de adivina, lo cual llenó de estupor al padre Matías, el cual pensaba en qué fuerzas extrañas le habían inculcado a la muchacha el valor de que hacía gala. Y recordando el incidente ocurrido en la alcoba de la casa de Terneuse, movió la cabeza profundamente entristecido.

* * *

Volvamos a Felipe y Krantz. Le había preguntado este último a Shriften cómo se había salvado y el piloto le respondió, sarcásticamente, que una de las tablas de la balsa se había desprendido y él se había agarrado a ella, flotando hasta que la piragua lo recogió. Esto no era imposible, por lo que Krantz se abstuvo de preguntarle más.

Cuatro días tardaron en llegar a Ternate, donde fueron conducidos ante la presencia del rey. Este, rodeado de sus dignatarios, los recibió, y enseguida comenzó a hacerles preguntas. Felipe le relató el naufragio y manifestó que su esposa había sido separada de él y que según creía se hallaba ahora en poder de los portugueses en Tidor. Solicitaba del rey que le ayudase a buscarla.

Tras de comer junto al rey, éste les dijo:

—Los portugueses son nuestros enemigos. ¿Queréis ayudarnos a combatirlos? Tenemos cañones, pero los sabemos manejar con poca pericia. Si envío una escuadra contra Tidor, ¿nos ayudaréis? ¿Pelearéis contra los portugueses? De este modo recobrarás también a tu esposa. Dadme la respuesta mañana.

Hizo que les dieran vestidos mahometanos, ya que los suyos estaban destrozados y ellos los vistieron con gusto, puesto que eran frescos y limpios. Decidieron así mismo, en una conversación entre ellos dos, ya que a Shriften nadie le había preguntado nada, puesto que era sólo un marinero, aceptar la oferta del rey de Ternate.

Pronto, pues, se comenzaron los preparativos para la incursión. Una gran flotilla de lanchas y piraguas formaron una fila que casi ocupaba una milla de extensión, bien aparejadas con velas. Se las avitualló con toda clase de alimentos. El rey tenía seis cañones de a cuatro, de bronce, y bastante munición para ellos, y fueron colocados bajo la dirección de Felipe y Krantz. En diez días quedaron terminados los preparativos y la escuadra, tripulada por setecientos hombres, se hizo a la mar.

En la tarde del segundo día llegaban a la vista de Tidor, a unas cuantas millas de la factoría, la cual estaba fortificada. La escuadra ancló en la playa y a la mañana siguiente los dos holandeses hicieron una descubierta.

El fuerte y la factoría estaban muy bien construídos, con un foso y una empalizada que los circundaban. La ciudadela estaba en la parte que daba al mar, y estaba fabricada con mampostería, y rodeada de otro foso, con un puente levadizo.

La verdadera fuerza era la alta empalizada que rodeaba todas las construcciones del establecimiento. Tras examinarla con detenimiento, Felipe decidió que las grandes piraguas con los cañones atacasen por mar, mientras que por tierra los indígenas de Ternate asaeteaban al enemigo con flechas y lanzas.

Se aceptó el plan. Los portugueses habían visto cómo se aproximaba la escuadra y estaban preparados para recibirlos. Los cañones, orientados hacia el mar eran de grueso calibre y estaban bien servidos. Los de las piraguas, aunque dirigidos por Felipe, eran pequeños y ocasionaron poco daño en las duras piedras de la fortaleza. Después de un cañoneo de cuatro horas, un gran número de hombres y piraguas de Ternate estaban fuera de combate. Felipe y Krantz celebraron una conferencia con alguno de los jefes.

El fuerte no podía ser tomado con los cañones,

así que la parte marina era impracticable. Por tanto se decidió atacar la empalizada de tierra, apoyando en ella grandes haces de leña, para prenderles fuego seguidamente.

Así se hizo. Por la noche, y desnudos para ser menos visibles, los guerreros de Ternate comenzaron a apilar grandes haces de madera y cuando pensaron que había bastante, les prendieron fuego. Las llamas subieron hasta el cielo, mientras los portugueses los ametrallaban, ocasionando bastantes bajas. Pero no tardaron los defensores, asfixiados por el humo, en retirarse, mientras los atacantes entraban por los huecos, dando muerte con sus kriss y sus alfanjes a todos los que no se habían refugiado en la ciudadela. La factoría y todas las casas del exterior de aquella, ardían ya.

—Si tuviéramos escalas de asalto podríamos intentar la toma de la ciudadela —dijo Krantz.

Dirigiéndose a los jefes indígenas, Felipe comenzó a esbozar el plan para tomar la fortificación, cuando una voz a su lado dijo:

—Es imposible. Jamás te apoderarás del fuerte, Felipe Vanderdecken.

Sin saber cómo ni cuándo se había unido a la expedición, puesto que no se le había visto durante toda la travesía, Schriften apareció al lado de Felipe.

No había concluido de decir estas palabras cuando oyóse una tremenda explosión. Grandes piedras llovieron sobre los atacantes, ocasionando numerosas víctimas entre ellos. Era la factoría que había volado, porque bajo sus bóvedas había gran cantidad de pólvora que se había inflamado a causa del incendio.

La gente de Ternate, espantada, huyó precipitadamente hacia las playas, donde estaban las piraguas. Fueron inútiles los esfuerzos de Felipe y de Krantz para hacerles volver. Muchos se metieron en las piraguas y se hicieron a la mar mientras otros corrían atontados por la playa.

—Nunca tomará usted ese fuerte, señor Vanderdecken —repetía Schriften.

Felipe iba a levantar la espada para partirlo en dos, pero pensó que no valía la pena, ya que decía la verdad.

Se ordenó el regreso de la expedición cuando despuntó el día. Los jefes de los de Ternate, pese a todo, consideraban como un gran éxito la operación, ya que habían destruído la factoría. Pero nada más embarcar, una fuerte tormenta desbarató la escuadra, volcando gran parte de las pirguas. Krantz y Felipe fueron arrojados al mar y lograron ganar la costa a nado, pero los portugueses, que habían visto todo desde el fuerte, salieron y tomaron prisioneros a los dos amigos. Fueron llevados a presencia del comandante, nuestro antiguo enamorado de Amina y éste ordenó que los metieran en un calabozo hasta que se resolviera el castigo que se les había de imponer.

Los dos amigos habían conservado, en el cinturón de su traje mahometano una buena suma de dinero que salvaron de la isla, así que decidieron tratar de sobornar a alguno de los soldados que componían la guardia de los calabozos.

Esperaron a que la puerta se abriera, y un soldado apareció. Felipe le abordó inmediatamente, diciéndole que los de Ternate les habían obligado a acompañarles en aquella expedición y que en cierto modo se alegraban, ya que ellos no eran enemigos de los portugueses.

—¿No? —preguntó el soldado sorprendido.

—No, en realidad éramos sus prisioneros y nos hubieran matado si no venimos con ellos. —Y añadió que como eran personas de calidad, sabrían ser agradecidos si alguien les ayudaba.

El soldado los miró, pero tuvo que retirarse porque lo llamaban. Otro soldado bajó para decirles que el comandante los esperaba.

Lo encontraron sentado en un gabinete, con dos jóvenes sirvientas que lo abanicaban. Inmediatamente le explicaron que eran prisioneros en Ternate y que habían sido obligados a acompañar a la expedición. Así mismo que habían huido tan pronto como pudieron hacerlo, para entregarse a los portugueses, de los cuales se consideraban amigos.

El comandante preguntó si eran oficiales y Krantz aprovechó la ocasión para decirle que eran piloto y contramaestre de un barco holandés naufragado. El comandante pareció muy interesado en saber si el capitán del buque había muerto o no.

Le dijeron que suponían que sí.

—Si les dejo a ustedes en libertad, ¿firmarían un documento afirmando que su capitán ha muerto?

—¿Puede usted decirnos para qué lo quiere? —preguntó Krantz.

—¡No! —gritó el portugués con voz de trueno.

—Solo necesito esa declaración firmada. Escojan entre hacerlo o el calabozo y la muerte.

—¿Quiere usted dejarnos pensarlo hasta mañana?

—Vayan.

No los llevaron al calabozo, sino a los parapetos, ya que no podrían escapar por allí. Los dos se preguntaron para qué querría el comandante aquél documento tan extraño.

—Tal vez —dijo Krantz—, tal vez... ¿y si ese hombre, que tiene a Amina en su poder, se ha enamorado de ella, y quiere casarse? Con un documento firmado por nosotros en el que afirmamos la muerte de usted, ese tipo podría salirse con la suya. Pero, ¿dónde está Amina? Esa es la cuestión.

—Indudablemente está aquí, y si ese puerco le ha puesto las manos encima... —dijo Felipe apretando los puños rabiosamente.

En ese momento un soldado portugués pasó junto a ellos. Lo reconocieron como aquel con quien habían estado hablando en el calabozo.

—Buenas noches, amigo mío. ¿Hace mucho tiempo que está usted aquí?

—Trece años, señor, y bien cansado que estoy. Tengo mujer e hijos en Oporto, o al menos los tenía cuando me hube de alistar. ¡A saber si habrán muerto!

—Eso es muy duro.

—Sí, porque los que venimos aquí casi todos morimos. No regresan a la patria más que muy pocos. Muchas veces he estado a punto de suicidarme disparándome un tiro en la cabeza.

—Pobre hombre. Mire, aquí tiene usted una moneda de oro, para que la envíe a su familia, si puede hacerlo.

—¡Oh, gracias, señor!

—Y aquí tiene usted otra —añadió Krantz.

—Que Dios y todos los santos se lo paguen, señores. ¿Puedo hacer algo por vuestras excelencias?

—Sí. Aquí hay una mujer joven, europea.

—Sí, y el señor comandante estaba muy encaprichado con ella. Pero ya no está aquí.

—Pues, ¿dónde? —preguntó Felipe dolorosamente sorprendido.

—En Goa, a donde fue enviada con un sacerdote que la conocía. El padre Matías.

Felipe se quedó asombrado, pero Krantz siguió preguntando:

—Y, ¿dice usted que el comandante la quería para sí?

—Ya lo creo, señor, y si no hubiera sido por el padre Matías, seguramente que no la habría dejado ir, aunque está casada con otro. La perseguía constantemente.

Y dicho esto, y repitiendo las gracias, el soldado se retiró.

—Hemos ganado un amigo y tenemos noticias —dijo Krantz.

—Sí, pero estamos en poder de mi enemigo —respondió Felipe—. Debemos salir cuanto antes de aquí. Mañana firmaremos el documento, ya que no tiene importancia alguna. No importa que haga uso de él mientras Amina esté en Goa. Y aunque lo hiciera, Amina no accedería jamás a casarse con ese mico, ni aun siendo viuda.

—De eso estoy convencido.

—Mañana firmaremos como Cornelius Richter y Jacobo Vantreat. No lo olvide.

Y decidido ya, los dos se echaron a dormir.

Capítulo XI

Por la mañana les despertó el mismo comandante del fuerte y les ordenó que lo siguieran a su aposento. Una vez allí les preguntó si estaban dispuestos a firmar el documento que les exigía.

Krantz respondió que, convencidos de la muerte del capitán, estaban prestos a ello. Se redactó el papel y lo firmaron. El comandante les invitó a almorzar y les aseguró que podrían marcharse en el primer barco que tocara la isla. Krantz le dijo que tenían algo de oro y que les gustaría alquilar una habitación y el comandante les respondió que podían comer con él y pagar el gasto. Aceptaron.

Luego el militar habló de que tan pronto como pudiera iría a Goa para casarse con Amina, quien solamente esperaba saber de cierto que su marido había muerto para acceder.

—Las mujeres... —dijo Felipe irritado—. Siempre le oí decir que estaba muy enamorada de su marido.

—Oh, las mujeres en efecto cambian mucho, y sobre todo, el uniforme tiene sobre ellas una gran atracción. Se saben protegidas y eso es lo que les gusta.

Felipe estaba cada vez más irritado y Krantz tuvo que calmarlo. Una vez solos, Felipe le preguntó a su segundo si creía posible que Amina hubiera cambiado de opinión.

—Está usted loco —respondió Krantz—. Pero ese hombre es tan insufriblemente vanidoso que ha llegado a creerlo. No se preocupe, porque volverá usted pronto a ver a su Amina.

El comandante se interesó por Felipe, y Krantz le dijo que pertenecía a una de las más nobles familias de Holanda y que en realidad el nombre que le habían dado allí, el de Jacobo Vantreat, no era el suyo verdadero.

—Y, ¿está relacionado entonces con importantes familias?

—De toda Europa, se puede decir —mintió Krantz tranquilamente.

—¿Tal vez de Portugal también?

—También, indudablemente.

—En ese caso podría serme muy útil, ya que no pienso pasarme la vida metido en este fuerte ni en Goa, sino que deseo volver a la patria cuando me haya casado con la mujer que adoro, ya tal vez este caballero podría ayudarme.

La conducta del comandante se hizo pues casi obsequiosa con los dos amigos, hasta que ocurrió algo que cambió por completo la situación.

Pocos días después de esta conversación estaban un día sentados a la mesa cuando un cabo entró diciendo que un marinero holandés acababa de llegar

al fuerte y solicitaba hablar con el comandante. Este mandó que le entraran y Schriften penetró en la habitación, con su habitual expresión sardónica en el semblante.

—Mi buen amigo el capitán Felipe Vanderdecken y mi buen amigo el señor Krantz, segundo de abordo —dijo—. ¡Qué alegría ver de nuevo a los dos oficiales del *Utrecht*.

El comandante portugés dio un salto al escucharle.

—¡El capitán Vanderdecken! —gritó.

—Sí, señor, mi antiguo comandante en el *Utrecht*. Naufragamos juntos, ¿sabe usted?

—¡El marido! —seguía el comandante sin hacerle caso—. Así que se llamaba... Jacobo Vantreat y era de la nobleza... Pero no permitiré que nadie se burle de mí, y menos un tipo como usted al que podría matar con mis propias manos...!

Hizo unos cuantos visajes, y luego llamó a la guardia.

Felipe y Krantz habían comprendido ya que sería inútil negar. El primero cruzose de brazos y guardó silencio. Kranzt se encogió de hombros.

—Comandante, un poco de reflexión...

—¡Nada de reflexión! He sido engañado, pero han caído en la trampa. Conservo el documento por el que certifican la muerte del capitán Vanderdecken. Usted está muerto ya, y su mujer se alegrará mucho al saberlo.

—Ella le ha engañado a usted. Jamás se casaría con usted, aunque fuera el último hombre sobre la tierra.

—Cabo, llévenlos a los calabozos. ¡Con centinela a la puerta!

Krantz y Felipe salieron. Mientras lo hacían, Krantz le dió un furioso puntapié a Schriften, y lo envió rodando por los escalones.

—Je, je —dijo el tuerto, riéndose. Pero unos ojos se cruzaron con los de Felipe cuando se los llevaban: los de Pedro, el soldado portugués al que habían dado el dinero unos días antes.

Una vez en el calabozo, Felipe se dejó tristemente en el suelo.

—Todas nuestras esperanzas fallidas —dijo tristemente—. Y todo por ese maldito Schriften. Ahora es cuando estoy absolutamente seguro de que no es un ser humano, sino un espíritu maligno que ha tomado forma humana. Es mi perseguidor, me acosa constantemente y ni siquiera sé por qué.

—Sí, no cabe duda de que se encuentra unido a su destino. Y lo más probable es que le gustaría matarlo a usted, pero no puede, lo mismo que usted tampoco puede deshacerse de él por más que lo intenta.

Lo más curioso de todo, aunque ellos no lo sabían, es que el comandante portugués había querido volver a hablar con Schriften, pero sus soldados no habían podido hallar a éste por parte alguna. Parecía como si se le hubiese tragado la tierra.

A medio día, el soldado Pedro bajó con un poco de comida. Les explicó lo que ocurría con Schriften y añadió que los soldados portugueses pensaban que no era sino un espectro.

—¿Le han encargado a usted de cuidarnos, Pedro?

—Sí, señor, y me alegro de poder servirles.

—Dígale al comandante que tenemos algo que decirle.

El comandante bajó poco después y se les quedó mirando severamente.

—Comandante, usted es un hombre de honor —comenzó Krantz—. Sea justo pues con nosotros. Tráiganos al hombre que mintió descaradamente sobre nosotros. Caréenos con él.

—No veo la necesidad. Este hombre ya confesó ser el marido de la señora.

—¿Sabe usted quien es ese tuerto?

—Un marinero holandés.

—No, es un espíritu, un demonio que ha ocasionado la perdida de dos buques, y que lleva la desolación y la ruina a todos aquellos lugares por donde pasa. Es más: le diré que preferimos estar en los calabozos antes que con él suelto en el fuerte.

—Ese hombre se ha marchado, ha desaparecido.

—Lo presumía. Ya le dije que era un demonio y estos tienen el poder de aparecer y desaparecer a su capricho. Pero si ha desaparecido, lo menos que puede usted hacer es dejarnos salir del calabozo. Entre caballeros siempre se puede llegar a un acuerdo.

El comandante, confundido, accedió en que volvieran a sus habitaciones, pero Krantz para remachar su obra, le dijo que quería hablar reservadamente con él.

Una vez a solas, le contó una historia increíble,

pero que el comandante se tragó entera. Según ella, el tuerto era el espíritu de un hombre asesinado por su propio hijo para robarle. El hijo, arrepentido, había donado el dinero para fundar iglesias en las Indias, y ese dinero iba en el barco Utrecht, del cual Vanderdecken, rico armador, era propietario. Pero que un día, Vanderdecken había bajado al camarote en que se encontraba el dinero y que allí había visto, sentado sobre el oro, al espíritu infernal del viejo muerto por su hijo. Vanderdecken, siempre según el relato, logró espantar al espíritu con un talismán que llevaba al pecho y le hizo huir. Luego, tras el naufragio, había enterrado el oro en una isla desierta para luego poder volver por él y cumplir la piadosa tarea a la que estaba encomendado.

—Todo eso es muy extraño. ¿Y por qué ha venido aquí ahora el espectro?

—Porque persigue a mi amigo. Cuando enterró el capitán Vanderdecken el tesoro en la isla, y solo él sabe donde está, el espíritu se sentó sobre el tesoro, pero al parecer se ha cansado y ha venido aquí para molestar a mi amigo.

"Excuso decirle que el verdadero nombre de mi amigo no es el de Vanderdecken, sino que ese es el que tomó para dirigir el *Utrecht*.

—Pero es el mismo nombre que tenía la señora.

—El la encontró en el Cabo y la trajo consigo, pero no puedo decirle si es o no su esposa, aunque él la trataba como tal. Ignoro si están casados.

—¿Está usted seguro de que nadie más que su amigo conoce el lugar en que está enterrado el tesoro?

—Nadie.

—Preséntele mis excusas por lo ocurrido y anúnciele que lo veré mañana.

—Con mucho gusto comandante. Como ve, los hombres de honor siempre acaban por entenderse.

El comandante quedó solo, hablando consigo mismo en voz alta.

—Buscaba una cosa y he encontrado otra —decía—. Si el oro está allí, lo encontraré, y para exorcizar al espíritu llevaré un cura. Sí, eso es lo que haré. Claro que perderé a esa hermosa joven, pero entre la mujer y el dinero prefiero este último, ya que con dinero se pueden conseguir muchas mujeres y más hermosas aún que ella. Ahora bien, tengo que deshacerme de estos dos hombres, que pueden resultar peligrosos para mí por lo que saben y por ser uno de ellos el marido o el amante de la mujer que amo.

Oyó un ruido cerca de la puerta y se dirigió a ella. El soldado Pedro estaba allí.

—¿Cómo? ¿Hace mucho que estás aquí?

—Llego ahora mismo, excelencia. Creí que me llamaba usted.

—Puedes retirarte. No te necesito.

Pedro se retiró. Pero no sin sonreirse, ya que había escuchado todo el soliloquio de su superior.

* * *

Volvamos ahora Amina. El buque portugués que la conducía a Goa, llegó a esta ciudad una hermosa mañana. La población era rica, orgullosa, y resultaba casi la capital del oriente.

El buque entró en el estuario del río, mientras el padre Matías iba enseñándole a la joven los diferentes monumentos públicos. Había sobre todo muchas iglesias, la de los jesuítas, de gran predicación en oriente, el convento de los agustinos, el palacio del virrey, la catedral de Santa Cecilia, el convento de los carmelitas descalzos y por último uno que hizo temblar a Amina: el palacio de la Santa Inquisición.

Una vez en tierra, el misionero le buscó a Amina una posada adecuada para ella y poco después vino a buscarla, para decirle que le había encontrado alojamiento en el convento de las ursulinas, cuya abadesa era conocida del clérigo. Amina le estaba tan agradecida que comenzó a pensar que quizá se había equivocado con él.

Amina fue muy bien recibida por la abadesa, la cual sin duda aleccionada por el padre Matías, comenzó enseguida la tarea de convertir a la joven a la verdadera religión. Fue presentada a las demás monjas, muchas de las cuales eran jóvenes y sus conversaciones extrañaron mucho a Amina, ya que eran muy libres y las historias que le contaban resultaban tan extrañas y denotaban tal impureza de sentimientos que hasta ella misma comenzó a asquearse. Dos años resistió en el convento, y por último no pudiendo más con los sermones de la abadesa y las procacidades de las monjas, le confesó al padre Matías que deseaba salir de aquella especie de clausura.

—Pero no tengo recursos para pagarte una pensión, hija mía.

—Aquí los hay. —Y Amina le tendió una sortija de diamantes que llevaba en el dedo—. Vale ochocientos ducados, en Holanda. Aquí no sé cuanto darán por ella.

Al día siguiente volvió el padre Matías y celebró una consulta con la abadesa. De esa consulta resultó que Amina abandonó el convento. Cuando ambos estuvieron solos, el misionero le dijo que había vendido la sortija por ochocientos escudos y le había encontrado alojamiento en la casa de una viuda.

En breve pues se vio instalada en una casa en la plaza del Terreiro de Salayo. Las habitaciones eran cómodas, y lo único sombrío resultaba que enfrente justamente estaba el palacio de la Santa Inquisición.

La viuda tenía un hijo de unos diez años de edad, un muchachito simpático e inteligente, y Amina, por razones que no tardaremos en saber, hizo todo lo posible por conquistar su afecto, lo que logró casi enseguida.

Una tarde, tras regresar de un paseo por las calles de Goa, Amina se sentó en el diván pensando en Felipe y en donde estaría. Súbitamente, la resolución brilló en sus ojos.

—Voy a saberlo pronto —se dijo, y llamó a su habitación al hijo de la viuda. El niño acudió pronto, pensando que le había traido algún regalito, como acostumbraba.

—¿No está tu madre?

—No, ha salido a hacer unas visitas.

Amina le dio el pequeño regalo que le había comprado y le preguntó si quería jugar a un nuevo juego.

—Es un juego muy divertido, ya que consiste en que podrás ver cosas en tu propia mano. Pero has de prometerme que no se lo dirás a nadie.

—Lo prometo.

Amina encendió carbón en un brasero y lo colocó a sus pies. Tomó una pluma encarnada, una botellita con tinta, y un par de tijeras. Escribió en un papel varios caractéres, murmurando unas palabras ininteligibles para el niño.

Echó un poco de inciènso en el brasero, que enseguida produjo una humareda aromática, y dijo a Pedreo que se sentara en un taburete.

Sobre la palma de la mano del niño trazó un cuadrado, con caractéres a cada lado y en el centro formó con tinta un espejo negro del tamaño de una moneda de plata.

—Ahora, Pedreo, mira ahí y dime qué ves.

—Veo mi cara —dijo el niño sorprendido.

Amina echó más incienso al brasero y canturreó:

—"Turshum turyo-shum, baja, baja; venid, servidores de estos nombres, descorred el velo y decir la verdad".

Tomando uno de los papeles lo echó en el brasero.

—Dime, Pedro, ¿qué ves ahora?

—Veo un hombre que nada —respondió el niño, lleno de asombro.

—Verás más cosas aún. ¿Ha terminado ese hombre de nadar?

—Sí.

Amina echó un papel más en el brasero y ordenó al niño.

—Mira, Pedro, ahora repite lo que yo te diga: "Felipe Vanderdecken, preséntate".

El niño repitió la frase, temblando.

—Veo un hombre sentado en la arena... ¡este juego no me gusta!

—No te asustes. Después te traeré unos dulces. Dime como va vestido ese hombre.

—Lleva una chaqueta muy corta, y calzones blancos, y saca una cosa de su pecho y la besa.

—Es él, y viene hacia aquí. ¡Cielos, gracias! Mira otra vez.

—Ahora se levanta... Amina, este juego no me gusta. No quiero jugar más. Déjame marchar. ¡Déjame!

Había dado la vuelta a la mano y la tinta se esparció. El encanto quedó roto Amina tranquilizó al niño y con dulces y caricias le hizo repetir la promesa de que nada diría a nadie. No podía hacer sino esperar a que se le presentase otra ocasión propicia.

Pero al menos ahora sabía que Felipe vivía.

Durante algunos días volvió a recordarle al niño la promesa de no decir nada, ni siquiera a su madre y le colmó de regalos. Hasta que una tarde, en que la viuda estaba ausente, el niño se presentó en la habitación de Amina preguntándole si quería repetir el juego.

La joven muy alegre, hizo enseguida los preparativos necesarios. De nuevo la habitación se llenó de humo y de nuevo murmuró las palabras mágicas del encantamiento. Cuando gritó: "Felipe

Buyller

Vanderdecken, preséntate", se abrió de pronto la puerta de la estancia y entraron en ella varias personas, entre ellas la viuda y el padre Matías.

Amina se asustó. Pedro lanzó un grito y corrió a refugiarse junto a su madre.

—No me había equivocado al juzgar lo que ví en Terneuse —dijo el sacerdote severamente y cruzando los brazos sobre el pecho. Parecía en el colmo de la indignación.

Amina había recobrado ya su serenidad.

—No profeso su religión, pero sin duda el escuchar tras de las puertas forma parte de la de usted. Este es mi aposento y no es la primera vez que he tenido que mandarle salir de una habitación que me pertenece.

—En primer lugar, apodérense ustedes de esos instrumentos de sortilegio —ordenó el padre Matías a sus acompañantes.

Recogieron el braserillo y demás efectos usados por Amina y precedidos del padre Matías salieron del cuarto.

Amina comprendió que estaba perdida. La mágia era un crimen en los países católicos, y ella había sido sorprendida *infraganti*.

—Era mi destino, —se dijo. Comprendía que Pedro le había dicho a su madre ya desde el primer día lo que Amina le había pedido y que el padre Matías le había montado una trampa.

Poco después, dos hombres vestidos de negro entraron en su aposento y la intimaron a que les siguiera. Minutos más tarde era encerrada en uno de los calabozos de la Inquisición.

Capítulo XII

Lo primero que hicieron fue cortarle el pelo al rape, y a la mañana siguiente la obligaron a descalzarse y a seguirles a la sala de justicia. En el centro de ésta alzábase un dosel y delante una gran mesa cubierta con un tapete azul de rayas rojas. El secretario le preguntó su nombre y ella le respondió la verdad. A la pregunta de dónde era, respondió que su marido holandés y ella oriental. Que su marido era marino y capitán de un buque mercante.

A las siguientes preguntas fue respondiendo de la misma manera, incluso a una en la que le interrogaron sobre los bienes que poseía. Respondió que muy pocos y que el padre Matías era quien los guardaba.

—¿Sabe por qué ha sido arrestada?

—Ignoro de lo que se me acusa.

—Usted debe saber si ha procedido bien o mal y por tanto, su conciencia le acusará si ha hecho algo malo.

—Mi conciencia no me reprocha nada.

—Luego se niega a confesar.

Luego agregó que estaba casada católicamente.

—Y usted rechaza las creencias cristianas, sin embargo.

—Sí, desde que veo cómo se comportan los que las profesan.

Volvieron a preguntarle cuántos bienes poseía y respondió que lo ignoraba y que el padre Matías debía saberlo. Luego la llevaron de nuevo al calabozo. Pasó un mes en la incertidumbre. Lo que no sabía era que hacía tres años que en Goa no se celebraba ningún auto de fe por falta de reos, pero que ahora, con ella, ya casi estaba completo el número de los necesarios.

Volvió a ser llamada ante la justicia y dijo que nada tenía que añadir a lo dicho anteriormente.

—El tormento la obligará a usted a confesar.

—Pruébelo —respondió ella valientemente—. Soy una mujer pero desafío a hombres crueles como ustedes.

Fue llevada de nuevo a la celda. El padre Matías había conferenciado varias veces con el inquisidor general, y aunque al principio estaba encolerizado, poco a poco fue sintiendo pena por la joven. No quería que la torturasen, sino solo que se declarara culpable y abrazase la fe católica. Por último entró en el calabozo de la muchacha.

—Hija mía... —comenzó.

—No me llame así. No se burle, porque ha sido usted el que me ha conducido aquí.

—Solo quiero ayudarte.

—¿Sabe usted algo de Felipe.

—Está bien y pronto llegará a Goa.

—¡Dios mío, te doy las gracias!

—Pero debes confesar tus pecados y tus crímenes.

—¿Qué pecados y qué crimenes? No confieso haber hecho nada malo. Solo quería saber de mi marido.

—Eso es herejía. Si no te arrepientes y entras en el seno de la Iglesia, serás quemada viva. Escúchame bien: si confiesas tu crimen antes de que te juzguen, eso contará en tu favor. Después, nada podrá salvarte.

—No confesaré ni antes ni después. Estoy cansada, padre, y le ruego que me deje sola.

Fue inútil que el padre Matías volviera a la mañana siguiente. Amina no tenía nada de qué acusarse y así se lo dijo. El sacerdote, acongojado, se marchó. Transcurrieron otros quince días y Amina fue conducida nuevamente a la sala del juicio y preguntada si quería confesar sus delitos. Acusación: practicar artes prohibidas, como confirmaban los tetimonios del niño Pedro, de su madre y del propio padre Matías, el cual había confirmado que en Terneuse la había visto aplicarse a las mismas prácticas.

—Y si uno sabe que otra persona ha cometido actos de hechicería y no lo denuncia, ¿no se hace cómplice?

—Por supuesto que sí.

Amina iba a revelar que tanto el padre Matías como el padre Leysen conocían la misión de Felipe, pero se contuvo al recordar que Felipe podría también ser acusado si llegaba a Goa.

—¿A quién denuncia usted?

—A nadie.

Y no volvió a abrir la boca. El inquisidor, convencido de que no hablaría, no confesaría, y prefiriendo la ejecución al tormento, decidió que sería quemada viva.

* * *

Volvamos por unos momentos a Felipe y a Krantz, dejando a Amina en su celda, acompañada de sus tristes pensamientos.

Krantz relató a Felipe historia que había referido al comandante portugués, la fábula inventada para engañarlo. Mientras lo hacía, llamaron a la puerta, y el soldado Pedro apareció en ella.

—Procuren ustedes —dijo en voz baja—, que yo les acompañe. Ahora me marcho, pero no olviden lo que les digo.

A la mañana siguiente fueron invitados a almorzar por el comandante, el cual les dijo que había reflexionado y que como buen católico quería rescatar el tesoro que pertenecía a la Santa Madre Iglesia. Su intención era enviarles con unos cuantos soldados a la isla para que volvieran con el dinero. Después los mandaría a Goa ya libres.

—Sería mejor que nos acompañse usted, comandante, —respondió Krantz—, ya que los soldados podrían a la vista del oro, decidir huir con él, lo cual nosotros no podríamos impedir. Su autoridad sí serviría en cambio para hacerles desistir de sus propósitos, si es que los albergan alguna vez. Y sería preferible llevar dos barcos, para atender a cualquier accidente que pudiera ocurrir.

El comandante reflexionó y respondió que le parecía una buena idea. Dejaría por unos cuantos días el fuerte e iría con ellos en la expedición. Pronto supieron que el soldado Pedro sería también de la partida. Todo quedó arreglado satisfactoriamente, y los preparativos terminados al día siguiente. Al amanecer se embarcaron Felipe y el comandante en un barco y Krantz, con un cabo y Pedro en el otro. Iban también diez soldados entre ambos barcos.

Como el tiempo era bueno navegaron toda la noche. A la mañana pudieron conferenciar los dos amigos y Felipe se enteró de que Pedro instigado por Krantz, había convencido ya a los soldados portugueses de que podrían apoderarse del tesoro. Eso sí, pensaban matar al comandante, en venganza por el mal trato a que les había sometido durante varios años.

Por fín llegaron al islote. Desembarcaron los azadones y pronto pudieron mostrar al comandante el cocotero bajo el cual habían enterrado el dinero. Fueron extrayendo saco tras saco y amontonándolos en la playa.

El comandante había vuelto un instante la espalda para dar prisa a los soldados, cuando tres o cuatro puñales se clavaron en su espalda. Murió casi instantáneamente, mientras Felipe y Krantz contemplaban la escena.

—Nosotros no queremos nada —dijeron inmediatamente, pese a que Pedro les indicó que podrían recibir su parte en el botín. Lo hacían porque lo más probable es que los portugueses no quisieran repartir el oro.

Por cierto que aquel oro parecía maldito. Tan pronto como los portugueses enterraron el cadáver de su antiguo comandante, se suscitó entre ellos una reyerta. Sin perder tiempo, Krantz y Felipe embarcaron en uno de los navíos y dejaron el otro para los soldados.

—Se matarán entre ellos, como los marineros del *Utrecht* —dijo Krantz—. Ese dinero no trae más que la desgracia. Lo único que siento es haber dejado al pobre Pedro con ellos.

—Y ahora —dijo Felipe—, debemos hacer rumbo hacia los parajes frecuentados por los barcos que se dirigen a occidente y tomar pasaje en alguno de ellos para llegar a Goa.

Fijaron su rumbo por las islas, de día y por las estrellas, de noche, y comenzaron el largo viaje hacia la libertad, según pensaban ellos. Una mañana, Felipe le dijo a su compañero:

—Me dijo usted que un acontecimiento de su vida corroboraba en cierto modo la historia de mi juramento y de mis desdichas. ¿Qué es? ¿Qué sucesos fueron esos?

—Sí —respondió su segundo pensativo—. ¿Ha oído usted hablar de las montañas del Hartz? ¿No? Es una región muy agreste y de la que se relatan historias muy extrañas. Hay allí seres perversos y yo puedo dar fe de ellos, puesto que con uno tuve tratos.

"Mi padre no procedía del Hartz, sino que era siervo de un noble húngaro que tenía grandes propiedades en Transilvania, pero aunque siervo no era ni pobre ni ignorante. Por el contrario, había sido elevado a la dignidad de mayordomo. Sin embargo el que nace siervo conserva allí su condición toda la vida, aunque como ya le digo mi padre llegó a reunir una pequeña fortuna.

"Eramos tres hermanos. César, el mayor, yo, que me llamo Hermann y mi hermana Marcela, la pequeña. Mi madre era una mujer muy hermosa, pero por desgracia más bella que virtuosa. El señor de la tierra la vio y la admiró. Envió a mi padre fuera de la provincia en una comisión y durante su ausencia mi madre le fue infiel con el señor.

"Mi padre regresó inopinadamente y descubrió la traición: sorprendió a los en flagrante delito de adulterio y los mató a ambos. Como siervo, nada podría librarle del castigo, por lo que recogió todo el dinero que pudo, enganchó los caballos al trineo y nos llevó con él, internándose en las montañas del Hartz. Naturalmente todo esto lo supe mucho después.

"Mis recuerdos alcanzan a una pequeña cabaña en la que viviamos, en medio de una profunda selva que cubre esa parte de Alemania. Alrededor de la cabaña había unas cuantas fanegas de tierra que mi padre cultivaba durante el verano. En el invierno mi padre iba a cazar y nos dejaba en la cabaña. Esta distaba más de dos millas de la más próxima vivienda.

"Nadie le ayudaba a cuidarnos, pero aun cuando hubiera encontrado una mujer dispuesta a hacerlo, no la habría admitido, porque había cobrado una gran repulsión hacia las mujeres. Nuestra educación estaba por tanto muy descuidada y, debido a su degracia, si bien a mi hermano Cesar y a mí nos trataba bien, no ocurría lo mismo con la pequeña Marcela, mi hermanita, a la que maltrataba, aunque ella le quería mucho.

"Cuando salía a cazar no nos dejaba fuego encendido por miedo a que quemáramos la casa, así que pasabamos mucho frío, y permanecíamos silenciosos esperando a que regresara, para poder comer algo, y a que llegase la primavera para poder salir y escuchar el canto de las aves.

"Así vivimos hasta que mi hermano Cesar cumplió nueve años, yo siete y mi hermanita cinco.

"Una noche mi padre volvió a casa muy tarde. No había cazado nada y venía yerto de frío y de muy mal humor. Había traido leña y cuando le ayudábamos a hacer fuego, cogió a mi hermana por el brazo y la tiró a un lado. Ella comenzó a echar sangre por la boca, pero ni siquiera se atrevió a llorar. Mi hermano y yo nos sentamos a su lado, mientras mi padre se calentaba al fuego. Poco después se oyó el aullido de un lobo en la puerta.

"Mi padre cogió su escopeta y salió. Aunque era brusco con nosotros, le amábamos y temimos por su vida.

"Lavamos la sangre de Marcela y nos acercamos al fuego para calentarnos. Luego Marcela dijo que hiciéramos un poco de cena para que nuestro padre se pusiera contento si venía.

"Así lo hicimos. No obstante no tardó en llegar

mi padre, acompañado de una joven y de un hombre alto y moreno, vestido de cazador.

"Mi padre nos relató que al salir persiguiendo al lobo, había visto sus pisadas y luego a un hermoso lobo blanco, el cual se retiraba gruñendo. Mi padre lo siguió. El lobo no corría, pero se alejaba al mismo paso que mi padre. Mi padre lo persiguió durante horas ya que el lobo blanco es muy raro y su piel se paga bien.

"Mi padre lo siguió hasta un claro en el bosque, uno de esos claros que los campesinos asocian con los brujos, y bruscamente el lobo desapareció cuando mi padre lo apuntaba con su escopeta. Un momento después oyó el sonido de un cuerno de caza. A los pocos instantes se presentó un hombre alto, montado a caballo con una mujer a la grupa. El hombre le dijo a mi padre que se habían perdido en la selva, y que eran perseguidos. Si no encontraban pronto cobijo, morirían de hambre y de frío.

"Mi choza está a pocas millas —respondió mi padre—. Pueden ustedes llegar hasta ella, descansar y reponer sus fuerzas, además de calentarse. ¿De dónde vienen?

—"Nos hemos escapado de Transilvania, donde el honor de mi hija y mi vida estaban en peligro. Por cierto, que mi hija está medio helada.

"Mi padre les dijo que había llegado allí persiguiendo un lobo, y ellos respondieron que un lobo blanco se había cruzado en su camino.

"Por fín llegaron a la cabaña, donde ya nosotros habíamos preparado la cena. La mujer era joven de unos veinte años de edad. Llevaba un traje con guarniciones blancas, de piel y un gorro de armiño blanco. Su cabello era rubio brillante, pero había algo en sus ojos que a nosotros nos hizo estremecer. Sus miradas parecían furtivas e inquietas. Pero era muy hermosa, pese a todo.

"Esa noche nosotros no pudimos dormir apenas, no acostumbrados a la presencia de extraños en mi casa. Mi padre habló durante mucho rato con los forasteros, y el hombre le contó que era un siervo de un señor transilvano y que éste quería seducir a su hija. El hombre había matado a su señor. Mi padre observó que su historia era muy parecida a la suya y en efecto, la relató. Resultó que ambos eran primos, o al menos así dijo el hombre, que se llamaba Wilfred.

"A la mañana siguiente la joven se levantó y quiso acariciar a Marcela, pero ésta no podía resistir su contacto, sin saber por qué.

"Para no alargar la historia, aquellos dos pasaron quince días en casa, transcurridos los cuales, mi padre le pidió a su padre Wilfredo la mano de su hija.

—"Lo concedo —respondió el otro—. Como aquí no hay cura alguno, yo mismo os uniré. Juntad vuestras manos y tú, primo, repite conmigo: "Juro por todos los espíritus de las montañas del Hartz..."

—"No, juro por el Cielo —dijo mi padre.

—"No es esa mi costumbre —respondió Wilfredo—. Si no lo repites no te casarás con mi hija.

"Mi padre, aunque a regañadientes, lo hizo. Juró que tomaría a Cristina por mujer y que la protegería y amaría y que no la golpearía jamás.

"Luego, Wilfredo añadió:

—"Jura ahora: "Juro por todos los poderes que ejercen el bien y el mal y que la venganza de los espíritus caiga sobre mí y sobre mis hijos, que perezcan en las garras del buitre, del lobo y de las alimañas, y que sus carnes sean despedazadas y sus huesos blanqueen en la espesura".

"Naturalmente mi padre vaciló al repetir las últimas palabras. Marcela se había echado a llorar.

"Wilfredo, la mañana siguiente, dijo que tenía que partir y así lo hizo. Una vez casados, nuestra madrastra dejó de comportarse bien con nosotros y nos golpeaba y maltrataba cuando mi padre salía a cazar.

"Una noche mi hermanita nos dijo que nuestra madrastra había salido, vestido con su bata de dormir, y poco después oímos un lobo aullar en la puerta. César dijo que el lobo podría devorar a Cristina, pero a los pocos instantes entró Cristina de nuevo. Nos hicimos los dormidos y la vimos lavarse en una palangana.

"Los tres temblábamos y decidimos vigilar a la noche siguiente. En efecto, Cristina volvió a salir, y volver al poco tiempo, mientras sonaba el aullido del lobo. Naturalmente no le dijimos nada a nuestro padre. Así ocurrió durante muchas noches, hasta que una, Cesar, que era un muchacho muy valiente, tan pronto como Cristina abandonó el lecho, salió tras de ella, con la escopeta. No había transcurrido mucho tiempo cuando oimos el ruido de un disparo que no despertó a mi padre. Cristina entró poco después, con la bata de noche llena de sangre. Se lavó, y quemó la bata en la chimenea, mientras yo tapaba la boca de

Marcela para que no gritase. Mi padre no se despertó. De la pierna de Cristina salía sangre en abundancia, que ella curó. Pero, ¿qué había sido de César?

"Cuando mi padre despertó, le pregunté que dónde estaba Cesar, mi padre vio que faltaba la escopeta y salió. No tardó en volver con el cuerpo de nuestro hermano, mutilado y muerto. Le dejó en el suelo y se quedó con la cabeza cogida entre la manos.

—Acostaos —dijo Cristina con rudeza—. Vuestro hermano salió a perseguir a un lobo, imprudentemente y el animal ha sido más fuerte que él y lo ha matado. Pobre muchacho, ha pagado cara su ligereza.

"Ese día mi padre enterró a mi hermano, pero dos días más tarde volvió diciendo que las alimañas habían desenterrado el cadáver y lo habían devorado. Mientras, mi madrastra me miraba con ojos que echaban chispas, por lo que callé. Ella siguió saliendo por las noches, mientras mi padre dormía.

"Llegó la primavera y mi padre y yo trabajábamos en el campo. Mi madrastra dijo que iba al bosque por unas hierbas y Marcela quedó en la cabaña. Al poco tiempo mi padre y yo oímos gritar a mi hermanita y corrimos. Cuando llegábamos al la puerta de la cabaña, vimos salir de esta un gran lobo blanco que huyó. Mi padre y yo entramos en la cabaña y vimos a la pobre Marcela expirando. Estaba atrozmente mutilada. Nos miró afectuosamente unos segundos y luego murió. Cuando estábamos inclinados sobre ella, regresó Cristina, que dio algunas muestras de dolor al ver la escena.

"Mi padre parecía no reponerse de aquella

nueva pérdida. Enterró a mi hermana, y esa noche ví a mi madrastra salir de la casa. Me vestí y la seguí. Pero cual no sería mi horror, al descubrir a Cristina muy afanada quitando la tierra de la sepultura, arrojándola hacia atrás como hacen los animales. Por fin desenterró el cuerpo y no pudiendo resistir el horror, volví a la cabaña y le grité a mi padre que los lobos estaban allí. Cogió su escopeta y salimos. Cuál no sería nuestro espanto cuando vimos a Cristina devorando el cadáver de la pobre niña. Mi padre disparó sobre ella, y después cayó desmayado. Yo permanecí a su lado hasta que recobró los sentidos.

"Se puso en pie y nos acercamos a la fosa. Junto a los restos de mi pobre hermana había una gran loba blanca, muerta.

—"¡Dios mío, he tenido relaciones con los espíritus del Hartz! —exclamó aterrado. Después enterramos los restos de mi hermana y cubrimos la sepultura con piedras. A la mañana siguiente oímos fuertes golpes en la puerta. Entró Wilfredo.

—"¿Dónde está mi hija? —gritaba colérico.

"—Donde debe estar ese diablo —respondió mi padre—. ¡En el infierno!

"—Pobre mortal que desafía a los espíritus del Hartz —respondió Wilfredo—. Ya sentirás sobre ti su cólera.

"—¡Fuera de aquí, demonio!

"Mi padre levantó el hacha y la dejó caer sobre el cuerpo de Wilfredo, pero la hoja pasó a través del cuerpo de éste sin ocasionarle el menor daño. Mi padre perdió el equilibrio y cayó al suelo.

"—Mortal —dijo el cazador poniendo el pie

sobre la cabeza de mi padre—, nosotros sólo tenemos poder sobre los asesinos. Tú has cometido dos crímenes, pagarás la pena a que te sometiste por el juramento. Dos de tus hijos han perecido ya. El tercero los seguirá, sin duda, porque tu juramento fue aceptado. Mi castigo es que vivas aunque podría matarte ahora mismo.

"Y dicho esto, el espíritu desapareció. Mi padre se alzó del suelo, me abrazó con ternura, y se arrodilló para rezar.

"A la mañana siguiente abandonamos de nuevo la cabaña, dirigiéndonos a Holanda, donde llegamos, Mi padre llevaba algún dinero, pero a los pocos días de encontrarnos en tu tierra, le acometió una fiebre cerebral y murió delirando. A mí me llevaron a un asilo y más tarde me alistaron como marinero. Ya conoces mi historia. La cuestión es si debo o no sufrir la pena por el juramento de mi padre. Estoy convencido de que de una forma u otra, la sufriré al fin.

Capítulo XIII

Felipe y Krantz divisaron al fin, tras veintidós días de navegación las altas tierras de Sumatra. Pese a las privaciones, su salud no se había alterado, pero desde que relatara su historia, Krantz parecía obsesionado por los recuerdos y por el pesimismo. Cuando Felipe hablaba de Goa, le dijo:

—Tengo el presentimiento de que no veré esa ciudad.

—Pero usted no está enfermo.

—No, pero el presentimiento no me engaña, estoy seguro. Creo que voy a morir pronto.

Sorteando el estrecho de Sumatra, se dirigieron hacia la isla de Pulo Penang. Cuando llegaron a ella se dirigieron a la embocadura de un fresco arroyo que descendía formando cascadas desde las montañas, bajaron las velas y empujaron al barco contra la corriente hasta llegar al agua dulce. Krantz fue el primero en saltar a la orilla.

—Y ahora, dijo, —es el momento de entregarle el dinero que le pertenece. Voy a abrir la bolsa y prepare usted la suya.

Así lo hizo, y Krantz dijo que se sentía satisfecho.

No había acabado de decir estas palabras, cuando se oyó un tremendo rugido. El aire se agitó a sus espaldas, se escuchó un grito y el ruido de lucha, y al recobrarse Felipe de su asombro vio que el cuerpo de Krantz era arrastrado con rapidez por un enorme tigre que había salido de la espesura. Aquello lo paralizó y cuando quiso acudir en auxilio de su amigo, éste había desaparecido ya.

Felipe, incapaz de reaccionar, permaneció durante mucho tiempo con la cabeza cogida entre las manos, lamentando la suerte de su excelente amigo, al que tanto debía. Habían sido ciertos los presentimientos que le asaltaron al pobre pocos días antes. Los espíritus del Hartz parecían haber cobrado en él su venganza.

Por último, y comprendiendo que nada podía hacer, volvió al barco y se hizo a la vela. Las lágrimas lo ahogaban cada vez que pensaba en su fiel segundo. Siete días después llegó a una isla en que había fondeado un buque dispuesto a salir para Goa. Era un bergantín con bandera portuguesa, pero su tripulación estaba casi por completo compuesta por indígenas de la isla. Haciéndose pasar por un inglés al servicio de Portugal, que había naufragado con su barco, y ofreciendo pagar su pasaje, fue bien recibido a bordo.

El viaje fue bueno y seis semanas después llegaban a Goa. Buscó alojamiento y preguntó a su huésped por Amina, designándola solo como "una joven que había llegado allí en un buque pocas semanas antes", pero le fue imposible averiguar nada.

—Mañana se celebra el gran auto de fe, señor —dijo el hombre—. No podremos hacer nada hasta tanto se celebre, pero después haremos cuantas investigaciones desee usted.

Felipe dio un paseo por la ciudad. En cierta ocasión le pareció reconocer el padre Matías y lo llamó, pero el hombre no volvió la cabeza. Pensó que se había equivocado, pero no, era el padre Matías que no había querido saludarlo siquiera. Volvió a la posada, donde no se hablaba más que del acontecimiento del siguiente día.

* * *

Amina, pese a su estado de ánimo, logró dormir aquella noche. El ruido de los cerrojos la despertó. El carcelero llevaba una túnica en la mano y le hizo ponérsela. La túnica era de sarga negra y llevaba rayas blancas.

Pasaron las horas y volvió el carcelero, ordenándole que le siguiese. Todos los condenados, unos trescientos, vestidos como ella, aterrados, esperaban como estatuas de piedra. Era la agonía de la incertidumbre, ya que no sabían qué condena iban a recibir. Cada uno de ellos recibió una vela, y varios fueron recibiendo el sambenito y la samaria. Los primeros recibirían un castigo leve, los segundos eran condenados, pero se les eximía del castigo del fuego.

Amina fue conducia al salón de las mujeres, donde encontró otras siete infelices como ella.

Por fin surgió el sol, brillante y sin nubes, un día hermoso para tan horrible espectáculo. Muchos cientos de personas habían acudido de todas partes para presenciar el auto de fe, y las calles estaban llenas. La curiosidad y el fanatismo religioso se daban la mano entre la multitud.

La gran campana de la catedral comenzó a repicar y los presos fueron formados para la procesión. En la puerta de entrada se había levantado un dosel bajo el que estaban el gran inquisidor y el secretario. Según iban pasando los presos, éste último los nombraba y llamaba a uno de los circunstantes, casi todos caballeros, los padrinos, cada uno de los cuales respondía de un preso hasta que terminara la ceremonia.

La procesión se puso en marcha. Delante, el estandarte de los dominicos, fundadores de la Inquisicuión, y luego los frailes en dos filas. Luego los reos, en número de casi trescientos, cada uno con su padrino al lado. Primero, los leves, luego los sambenitos y seguían los que llevaban samarias con llamas pintadas en la espalda. Después, la imagen del salvador, separando a los que iban delante de los de detrás. Los primeros se salvarían, los segundos serían quemados, ya que la imagen no los miraba.

Amina iba entre los últimos: había sido condenada al fuego. También iban detrás portadores de ataúdes con esqueletos: estos eran los condenados después de muertos.

Fueron entrando en la catedral, cuyo altar mayor

estaba colgado de negro y alumbrado por millares de velas. Los presos, con los pies sangrando por estar descalzos y haber andado pisando los puntiagudos guijarros de la calle, fueron colocándose en sus lugares.

Consumida por sus días de prisión, privada de la luz que ahora hería sus ojos y demacrada, Amina había perdido mucho de su belleza. Apenas llegada a su puesto, se desmayó y dos oficiales de la inquisición la pusieron en pie, y luego la volvieron a sentar, mientras recobraba los sentidos. Un monje dominico predicó un sermón, hablando de la misericordia y el amor paternal que la Santa Inquisición derramaba sobre todos, y luego subió al púlpito el fiscal de la Inquisición y leyó el extracto de los crímenes y de las sentencias de cada uno de los reos. Cada uno de estos al serle leída la sentencia, era llevados ante el altar para escucharla en pie. Se les levantaba la excomunión a los que les era perdonada la vida y el inquisidor general los asperjaba con agua bendita.

Concluída esta parte de la ceremonia les tocaba el turno a los condenados a muerte. Se leyeron sus sentencias, concluyendo que fueran entregados al brazo secular, y exhortando a las autoridades a que los trataran benignamente, y, ¡sarcasmo horrible!, que no procedieran a la pena de muerte, ni a la efusión de sangre.

—Amina Vanderdecken —gritó el fiscal.

Oyose un ruido desacostumbrado y una lucha violenta, y de entre la multitud salió un joven que corrió hasta donde estaba la condenada.

—¡Felipe! —gritó ella.

Este la recibió en sus brazos.

—¡Amina, esposa mía, mi amada esposa! ¿Cómo estás aquí? ¡Esta mujer es inocente! ¡No la toquen! —gritó a los oficiales de la inquisición.

Esto resultaba intolerable para los sicarios. La solemnidad de la ceremonia quedaba comprometida. Todo el mundo, incluso el virrey se había puesto en pie y la multitud rugía. Varios oficiales se precipitaron sobre Felipe y tras una larga lucha, lograron separarle de ella. Pero el esfuerzo que había hecho rompió una vena en el cuerpo del joven y éste cayó al suelo desmayado.

—¡Lo han asesinado, monstruos, asesinos! —gritó Amina que peleaba con sus guardianes. —¡Déjenme abrazarlo por última vez, cobardes!

Un sacerdote se adelantó: era el padre Matías, que con semblante contristado suplicó a varios de los circunstantes que se llevaran a Felipe, y este, sin conocimiento fue separado de Amina, mientras vomitaba sangre por la boca.

Se leyó la sentencia, pero Amina no la oyó, porque su cerebro ardía. Fue nuevamente conducida a su sitio y entonces cedieron su valor y entereza y comenzó a sollozar histéricamente, llenando los ámbitos de la catedral con sus gritos.

Todo había concluído, excepto la última parte del drama. Los reos no condenados fueron de nuevo conducidos a los calabozos de la Inquisición con sus padrinos, y los sentenciados al fuego enviados a la orilla del río para cumplir su castigo. Allí, en un gran espacio abierto, se consumaría el gran auto de fe.

Como en la catedral, se habían levantado tablados para el inquisidor general, y para el virrey, que, engalanados, presidían la procesión, seguidos de un numeroso gentío.

Trece hogueras habían sido dispuestas, ocho para los vivos y cinco para los muertos. Los verdugos estaban sentados junto a la estaca donde debían ser atados los presos y las pilas de leña esperaban a las víctimas.

Amina, que no podía andar, fue llevada por los familiares de la inquisición hasta la estaca que le estaba destinada. Cuando la pusieron en pie pareció recobrar su valor y acercándose al palo, se abrazó a él.

Los verdugos dieron principio su triste misión. El delicado cuerpo de Amina fue sujetado con cadenas y se amontonaron en su alrededor dos grandes haces de leña. Los mismos preparativos se hicieron para las otras víctimas, cuyos confesores continuaban a su lado. Amina se negaba a recibir a ninguno de los curas, hasta que el padre Matías atravesó la multitud y se acercó a ella.

—Amina Vanderdecken, infeliz mujer, si hubieras seguido mis consejos no te verías en tan triste situación. Ahora es demasiado tarde para salvar tu vida, pero aún es tiempo para que salves tu alma. Llama al Salvador para que reciba tu alma, invócale por su Pasión y su Muerte y El te concederá la paz eterna.

—¿Infeliz, dice usted? —respondió Amina—. Mejor diga infeliz sacerdote, porque mis sufrimientos van a concluir pronto y usted en cambio sufrirá los tormentos de los condenados. Infeliz el día en que mi marido salvó a usted de la muerte. Todavía más infeliz el día en que lo recibió en su casa como a un amigo. Infeliz yo, sí, pero por haber conocido a usted. Le abandono a los remordimientos de su conciencia, si es que la tiene. Muero en la fe de mis padres y no en una religión que ofrece estos espectáculos a los que la practican.

El sacerdote cayó de rodillas, con los brazos abiertos.

—Dispones de un minuto... ¡Arrepiéntete!

—¡Le he dicho que me deje! ¡Este minuto es mío!

El padre Matías se apartó de su lado, llorando amargamente.

El verdugo preguntó a los confesores cuántos de los reos morían en la verdadera fe. A estos se les pasaba una cuerda por el cuello y se les ataba a la estaca, de modo que fueran ahorcados antes de encenderse el fuego. Todos los reos, excepto Amina, murieron de este modo. El verdugo preguntó al padre Matías si Amina había pedido la misericordia de Dios y el sacerdote respondió que no. En voz baja añadió: "Que no sufra mucho".

Las hogueras fueron encendidas. Para complacer al padre Matías, el verdugo arrojó al fuego un haz de paja humeda para que el humo la sofocase antes de que las llamas acariciasen su cuerpo.

—¡Madre mía, recíbeme en tu seno! —fueron las últimas palabras que pronunció la infeliz.

Poco después, de aquel hermoso cuerpo sólo quedaban cenizas calcinadas.

* * *

Han transcurrido varios años desde la muerte ignominiosa de Amina, años durante los cuales Felipe Vanderdecken ha vivido en las regiones de la inconsciencia. El trágico final de su esposa le había hecho perder el juicio, y durante mucho tiempo fue cuidado cariñosamente por una persona que vivió con la esperanza de devolverle la salud, pero esa persona murió presa de los remordimientos sin haber logrado su deseo. Era el padre Matías.

La casa de Terneuse se había ido destruyendo lentamente. Muchos años esperó el regreso de su propietario y por fin los herederos reclamaron y obtuvieron los bienes de Felipe de Vanderdecken.

Los cabellos de éste habían encanecido. Su cuerpo, robusto antes, estaba demacrado y parecía mucho más viejo de lo que realmente era. Recobró por fín el juicio, pero no el vigor.

Cansado de la vida deseaba cumplir su misión, que no había olvidado, y morir después. Conservaba aún la reliquia y se le habían facilitado medios para volver a su patria, pero ya no tenía patria, ni casa, ni nada que le indujera a vivir.

Llegó al buque que lo llevaría a Holanda, el *Nuestra Señora del Monte*. Era un bergantín de trescientas toneladas, que se dirigía a Lisboa. El capitán era un viejo portugués, supersticioso y aficionado al arak, el aguardiente de arroz. Cuando salieron del puerto, y Felipe estaba apoyado melancólicamente en la popa, mirando por última vez la ciudad en que habían muerto todas sus esperanzas, oyó una voz a su lado.

—Volvemos a ser compañeros de viaje.

Se volvió y vio a Schriften, el piloto. No había variado, en todos aquellos años y su único ojo brillaba con la malicia de siempre.

—Otra vez usted, Schriften —dijo Felipe—. Eso quiere decir que se va a cumplir mi misión.

—Pudiera ser. Los dos estamos cansados —respondió el tuerto.

Felipe no le preguntó siquiera cómo había escapado del fuerte de Tidor. Sabía que por algún medio sobrehumano, ya que no era un ser vivo.

—Muchos barcos han naufragado y mucha gente ha muerto en ellos mientras usted estaba encerrado —le dijo Schriften.

—Espero que este sea el último.

—O tal vez tenga que navegar hasta el final de los tiempos.

—Márchese. Me aburre. Aún podría lanzarlo al mar, de nuevo.

—De bien poco serviría.

Schriften se separó de él. Parecía seguirle odiando como siempre y comenzó a tratar de enemistar a los tripulantes con él, diciéndoles que era un Jonás que causaría la perdida del barco, porque estaba relacionado con el *Holandés Volador*. Felipe se vengó diciéndoles que el demonio era Schriften y que no había más que ver su cara para comprenderlo. Entre esos dos extremos, y el capitán, que se emborrachaba constantemente, se encontraban soliviantadoas. Así que evitaban igualmente la presencia de ambos.

Por fin llegaron a la costa meridional de Africa, a unas cien millas de Laguillas. El tiempo era espléndido, y el viento apenas rizaba la superficie de las aguas.

—Gracias a los santos y a nuestro Señor —dijo el capitán—. Un poco más y llegaremos al puerto con felicidad.

Pero de pronto levantóse una masa de nubes en el horizonte, extendiéndose con tal rapidez que pareció extraordinaria a los ojos de los marinos. En pocos minutos cubrió todo el firmamento. El sol se oscureció, y los objetos cercanos apenas se distinguían. El cielo aparecía cubierto por un velo rojo como si se hubiera incendiado.

En la cámara quien primero advirtió la oscuridad fue Felipe, que subió a cubierta seguido del capitán y de los asombrados pasajeros.

—¡Santísima Virgen, protégenos! —exclamó el capitán aterrorizado—. ¡Glorioso San Antonio, sálvanos!

—¡Allí, allí! —gritaron varios marineros, señalando a un costado del buque.

Todos volvieron la mirada hacia aquél lado, y a unos dos cables de distancia vieron subir poco a poco de la superficie de las aguas los topes de la arboladura de otro buque que fueron alzándose progresivamente. Aparecieron luego las cofas, las vergas, las velas y por último el resto del buque, con las portas de sus cañones.

Capítulo XIV

—¡Santísima Virgen! —exclamó el capitán—. He visto buques hundirse en el mar, pero no he visto a ninguno salir desde las profundidades. ¡Ofrezco mil velas de cera ante el altar de la Virgen porque nos salve de esta desgracia!

—El *Buque Fantasma,* el *Holandés Volador* —dijo Schriften junto a Felipe—. Felipe Vanderdecken, ahí está el buque de tu padre.

Felipe fijó la vista en el barco y vio que estaba arriando un bote.

"Es posible, pensó, que me permita esta vez subir a bordo".

Y tocó la reliquia que llevaba en el pecho. La oscuridad aumentó y el Buque Fantasma solo se distinguía a través de una densa atmósfera. Los tripulantes del *Nuestra Señora del Monte* cayeron de rodillas, invocando a Dios y a todos los santos. El capitán tomó una imagen de San Antonio y encendió una vela ante ella.

Al poco tiempo oyóse el rumor de los remos al costado del buque y una voz que decía.

—Echadnos un cabo, marineros.

Nadie respondió, ni aceptó la invitación. Solo Schriften se dirigió al capitán diciéndole que si los de aquel buque querían entregarle cartas, no debía recibirlas, porque si lo hacía, todos morirían.

Al poco tiempo, un hombre entró por el portalón.

—Como ven, no ha sido necesario el cable —dijo al pisar la cubierta—. ¿Dónde está el capitán?

—Yo soy —respondió el comandante temblando de pavor.

El recién llegado se acercó al capitán. Parecía un marino curtido por los vientos y las tempestades, y vestía una chaqueta y una gorra de lona. Llevaba algunas cartas en la mano.

—¿Qué quiere usted? —preguntó el capitán.

—Sí, ¿qué deseas? —preguntó a su vez Schriften.

—Ah, ¿eres tú quizás el piloto aquí? Creía que hace tiempo que estabas en el otro mundo. Capitán, hemos tenido un tiempo muy malo y deseamos enviar unas cartas a nuestras familias. Creo que no podremos nunca doblar ese Cabo.

—No puedo encargarme de ellas.

—¿No? Es extraño. Todos los buques se niegan a recibirlas. Lo marineros deben prestarse ayuda unos a otros, especialmente en las desgracias. Dios sabe cuándo podremos volver a ver a nuestras familias. Las cartas serían un consuelo para ellas.

—Dios me libre de tomar esas cartas.

—Llevamos mucho tiempo en la mar...

—¿Cuánto tiempo?

—No lo sé. Hemos perdido el almanaque, y no

tenemos medio de saberlo. Jamás hemos podido tomar exactamente la posición.

—Veamos esas cartas —dijo Felipe adelantándose.

—¡No las toque usted! —gritó Schriften.

—Fuera de aquí, monstruo —respondió Felipe.

—Pues entonces, ¡condénate!

Felipe alargó las manos para recibir las cartas.

—Esta es de nuestro contramaestre para su mujer que vive en Amsterdam, en el muelle de Wasser.

—El muelle de Wasser desapareció hace mucho tiempo. Ahora se han construído allí grandes almacenes para los cargamentos.

—Aquí hay otra para un padre que vive en la plaza del Mercado Viejo.

—Ya no existe la plaza del Mercado Viejo.

—Otra hay aquí para mi novia, Brow Katzer. Le envió dinero para que se compre un brazalete.

—Una señora anciana se llamaba así. Fue enterrada hace treinta años.

—Imposible. La dejé en plena lozanía. Aquí hay otra para la casa Slutz y Compañía, propietaria del buque.

—Ya no existe semejante casa.

—Y aquí hay otra del capitán para su hijo.

—Entréguemela. Yo soy la persona a la que va dirigida.

Iba a romper el sello, cuando Schriften se la arrebató de las manos y la arrojó al mar. Luego tiró el resto de las cartas.

—Es una broma estúpida para uno que fue compañero mío —respondió el desconocido.

Y el marino del *Holandés Volador* se echó a llorar y desapareció por donde había venido.

Poco después se oyó el batir de los remos que conducían al hombre hacia su barco fantasma.

—¡Glorioso San Antonio, estoy aterrado! —dijo el capitán, bebiendo de una botella—. ¿Qué vamos a hacer?

—Se lo diré a usted —respondió Schriften—. Este hombre —y señaló a Felipe—, tiene en el cuello un amuleto. Arrójelo al mar y el buque se salvará. Si no lo hace, el barco se perderá y todos perecerán.

—¡Tiene razón! —gritaron los marineros.

—¡Necios! —gritó Felipe— ¿Vais a creer a este miserable? ¿No habéis oído al marinero ese llamarle compañero suyo? ¿No véis que es él quien trae las desgracias a bordo? Por otra parte, lo que llevo al cuello es un trozo de la verdadera Cruz. Si se atreven a echarla al mar, estarán perdidos para siempre.

Y Felipe sacó la reliquia mostrándosela al capitán.

No obstante, los marineros comenzaron a moverse. Una parte de ellos pretendieron arrojar a Schriften al mar y los otros a Felipe Vanderdecken. Por último el capitán resolvió la cuestión ordenando que se arriara un chinchorro y que ambos fueran abandonados en él. Felipe no hizo objeción alguna. Schriften, por el contrario, gritó y luchó hasta que lo metieron a la fuerza en el bote y allí permaneció temblando sobre la popa, mientras Felipe remaba con dirección al *Buque Fantasma.*

Poco después el *Nuestra Señora del Monte* desapareció entre la espesa niebla. El *Volador Ho-*

landés se hallaba aún lejos, y parecía alejarse más según Felipe remaba hacia él.

—Rema, rema —dijo Schriften—, que jamás podrás acercarte a ese barco. Tenemos que hacer un largo camino juntos, pero al fin de ese camino estarás en el mismo sitio que ahora. ¿Por qué no me tiras al mar? Así el chinchorro estará más ligero.

—Estoy convencido de que eres tan desgraciado como yo, y que cumples tu destino como yo cumplo el mío. Ambos perseguimos quizá el mismo fin. Si el éxito de mis esfuerzos depende de conservar la reliquia, el tuyo es el de quitármela. Ambos estamos presos de un mismo poder. Pero en recuerdo de Amina, a la que profetizaste su destino, te perdono.

—Pues perdonas a tu enemigo. ¿Sabes acaso quien soy?

—Le perdono de todo corazón y sé quién eres: el piloto que mi padre arrojó al mar cuando se condenó.

—Si me perdonas, me has vencido, me has desarmado. Cuando tu padre, desafiando la voluntad del Omnipotente fue condenado a navegar eternamente, a no ser que lo rescatasen los esfuerzos de su hijo, a mí se me permitió continuar en tierra para evitar que tú liberases a tu padre. Mientras fuésemos enemigos, tú no podrías conseguir tu objeto, pero sí se determinó que cuando te conformaras con la virtud del cristiano, y perdonaras a tus enemigos, tu misión quedaría cumplida. Me has perdonado, y tu destino, como el mío, se cumplen.

Extendió la mano y Felipe la tomó. Al estrecharla, las formas del piloto se desvanecieron y Felipe quedó solo en la barquichuela.

—¡Te doy gracias, Dios de Misericordia! —dijo Felipe—. Mi tarea está cumplida y pronto me reuniré con Amina.

El *Buque Fantasma* sí parecía ahora esperarle. Remó vigorosamente hacia él, y al fin, abandonando los remos, subió a bordo y llegó a cubierta.

La tripulación del buque lo rodeó.

—¿Dónde está el capitán? Quiero hablar con él.

—¿A quién anuncio? —preguntó uno de los marinos.

—A su hijo, Felipe Vanderdecken. —Se oyó un rumor de risas y él repitió sus palabras.

En ese momento un hombre salió de la cámara.

—¿Qué ocurre en mi barco?

—¿Es usted Wilhelm Vanderdecken? ¿El capitán del buque?

—Yo soy.

—Es natural que no me reconozca. Me abandonó cuando yo tenía tres años.

—¿Quién es usted?

—Para usted el tiempo no ha corrido, capitán Vanderdecken, pero para los que viven en el mundo, el tiempo no se detiene, y para los que han pasado una vida llena de infortunios, menos aún. Yo soy su hijo, Felipe, que ha obedecido sus deseos y que después de sufrir innumerables penalidades, ha cumplido al fin el juramento que hizo y trae aquí la reliquia que desea usted besar.

Felipe la sacó y se la entregó.

Por los ojos del capitán pasó un relámpago, retrocedió, cruzó las manos, cayó de rodillas y comenzó a derramar lágrimas.

—¡Hijo mío, hijo mío!

Se levantó y abrazó a Felipe.

—¡Hijo mío! —repitió como si no pudiera dar crédito a sus oídos—. Mis ojos se han abierto. El Omnipotente sabe cuánto tiempo han permanecido cerrados.

Y abrazados los dos, se separaron de los marineros, y pasaron a popa.

—Antes de que el encanto se rompa, y antes de que nuestros cuerpos se desvanezcan, como deben desvanecerse entre los elementos, déjame arrodillarme para dar gracias a Dios y hacer acto de contricción. Hijo mío, mi noble hijo, recibe las gracias de tu padre.

Derramó aún algunas lágrimas.

—Reza, pues, padre mío —dijo Felipe.

Era extraño ver a aquellos dos hombres. El padre era mucho más joven que el hijo, el cual tenía el cabello casi blanco y la barba cana. El capitán Wilhelm, por el contrario, parecía un hombre en la flor de la vida. Los años no habían corrido para él.

El capitán se arrodilló y dirigió sus humildes suplicas a Dios.

Felipe cayó también de rodillas.

Asi permanecieron abrazados uno a otro, juntando sus preces al Altísimo.

Por última vez, quitóse Felipe del cuello la reliquia que tantos años había llevado, sin abandonarla jamás, y la entregó a su padre.

Este levantó los ojos al cielo y la besó. Al hacerlo, las berlingas superiores del Buque Fantasma, las velas, las vergas, se deshicieron, flotaron en el aire, y cayeron al mar.

El palo mayor, el trinquete, el bauprés, todo lo

que había sobre cubierta, se redujo a polvo y desapareció.

El padre llevó la reliquia nuevamente a los labios e imprimió en ella un beso.

Prosiguió la obra destructora. Los pesados cañones de bronce cayeron al agua y desaparecieron en el abismo.

Los tripulantes del buque, que contemplaban la escena sin hablar, convirtiéronse en polvo, no quedando con vida en la cubierta más que los dos Vanderdecken.

Las cuadernas, la tablazón del buque, se separaron, las cubiertas se hundieron poco a poco, y los restos del castillo flotaron sobre las aguas. Y mientras el padre y el hijo permanecían arrodillados y abrazados, levantando las manos al cielo, fueron sepultándose suavemente en las azules aguas.

Rasgó el cielo un relámpago en forma de cruz, iluminando el espacio. Las nubes que oscurecían el cielo, se deshicieron. Mostró el sol su disco esplendoroso, agitáronse las olas con un movimiento de júbilo.

Las gaviotas revolotearon sobre la superficie, los altatros remontaron su vuelo, los delfines juguetearon con las olas y la naturaleza entera pareció regocijarse, entonando un himno de gratitud y de alabanza al Poder Supremo, creador de los mundos, ante quien comparecieron en aquel instante las almas de Felipe Vanderdecken y del capitán del *Buque Fantasma.*

FIN